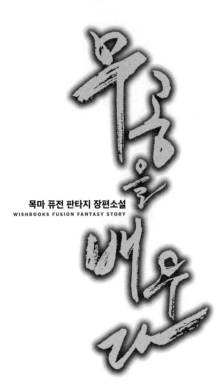

목마 퓨전 판타지 장편소설
WISHBOOKS FUSION FANTASY STORY

1

목마 퓨전 판타지 장편소설

초판 1쇄 찍은 날 | 2019년 6월 4일
초판 1쇄 펴낸 날 | 2019년 6월 12일

지은이 | 목마
펴낸이 | 예경원

기획 | 위시북스
편집책임 | 이규재
편집 | 위시북스

펴낸곳 | 예원북스
등록번호 | 제396-2012-000132호
등록일자 | 2012. 7. 25
KFN | 제1-418호

주소 | 경기도 고양시 일산동구 호수로 646-24 위너스21II빌딩 206A호 (우)10401
전화 | 031-819-9431 팩스 | 031-817-9432
E-mail | yewonbooks@naver.com

ⓒ목마, 2019

ISBN 979-11-6424-343-3 04810
　　　979-11-6424-342-6 (set)

무용을 배우다

목마 퓨전 판타지 장편소설

WISHBOOKS FUSION FANTASY STORY

1

CONTENTS

프롤로그
무(武)를 아느냐?

"무(武)를 아느냐?"

모른다. 평생 그런 것과 인연이 없다고 생각했다. 학교 점심 시간에 축구나 농구 같은 것은 가끔 했었지만, 격투기 같은 것을 배운 적은 없었다.

또래 남자애들이 다 그런 것처럼 격투기 대회 같은 것을 가끔 챙겨보긴 했지만, 사실 친구들이 보니까 나도 본 것이지 내가 보면서 재미를 느낀 적은 없었다.

그렇다 보니 관심도 없고, 알고 싶다 생각한 적도 없었다. 당연히 배우고 싶다고 생각한 적도 없었다.

앞으로도 그럴 것이라고 생각했다.

1장
재능이 있는 줄도 몰랐다

"싸움해 본 적 있나?"

"없는데요."

툭 던지는 질문에 백현은 멋쩍은 표정을 지으며 대답했다.

"아, 초등학생 때 해본 적 있어요."

"초등학생?"

"그러니까…… 열한 살 때였나? 같은 고아원에 민식이라는 놈이 있었는데, 사실 싸운 이유는 잘 기억이 안 나요. 아마 그 나이 때니까 뭐, 대단한 이유는 아니었던 것 같은데."

"이름까지 기억하는 것 보니 기억력이 꽤 좋은 모양이군."

"네? 아니, 기억력은 그다지…… 민식이랑은 아직도 친구예요."

백현의 대답에 노인의 표정이 멈칫 굳었다. 그는 어이가 없다는 표정을 지으며 백현의 얼굴을 물끄러미 바라보았다.

"그 민식이라는 놈. 죽인 것 아니었나?"

"……네? 민식이를 왜 죽여요?"

"싸웠다며?"

"그거랑 죽이는 거랑 대체 무슨 상관……."

"그럼 싸움이 아니지."

노인은 그렇게 중얼거리면서 앉았던 몸을 일으켰다. 노인이 일어서자, 백현은 자신도 모르게 꿀꺽 침을 삼켰다. 백현은 이곳이 어디이고, 저 노인이 누구인지도 모른다.

평소처럼 아르바이트를 끝내고 돌아오는 길에 탄 버스. 잠결에 들었던 목소리.

'무를 아느냐?'

그것에 잠에서 깨어나려 할 때. 정신을 차리고 보니 이곳에 앉아 있었다.

"저기, 할아버지."

앉아 있을 때는 몰랐는데, 노인은 무척 키가 컸다. 백현도 어디 가서 작다는 소리를 들을 키는 아니었으나, 노인의 키도 백현과 비슷한 정도였다. 그뿐만이 아니라, 노인에게는 '평범한' 노인다운 느낌이 없었다. 얼굴의 주름과 긴 수염을 뺀 노인은, 오히려 백현보다 정정했다.

"아까도 물어봤는데, 왜 대답을 안 해주는 거예요? 여기는 대체 어디고, 난 왜 여기에 있는 거예요?"

노인은 대답하지 않았다. 그는 우두커니 서서 두 눈을 가늘게 뜨고 백현을 내려 보았다.

그것뿐이었지만 백현은 자신도 모르게 어깨를 움츠렸다. 이런 기분은 처음이었다. 마치 아무것도 입지 않은 알몸으로 서서 누군가에게 몸매에 관한 품평을 받는 기분이었다.

"……아무래도 이거 납치? 유괴? 그런 거 같은데. 저 돈 없어요. 아시나 모르겠는데, 전 부모님도 없고, 고아원 출신이에요. 입양도 안 돼서 나이 먹고 고아원 나와서는 시설 전전하며 살았고, 지금은 아르바이트나 하면서 고시원에서 산다고요."

"처참한 인생이군."

백현은 오버하지 않으며 자신의 처지를 설명했고, 그 말이 끝났을 때 노인은 짧게 내뱉었다.

그 말에 백현은 두 눈을 동그랗게 뜨고 끔벅거렸다. 그러다가 파, 하고 웃음을 터뜨렸다.

"그렇죠, 맞아요. 처참한 인생이죠. 앞으로도 아마 그럴 거예요. 그러니까, 처참한 내 인생을 더 처참하게 만들지 말고 좀 돌려보내 줘요. 나 같은 새끼 납치해 봤자 어디에 써먹겠어요?"

노인은 대답하지 않았다. 백현은 그 침묵이 답답해 계속해서 떠들었다.

"……몸 건강한 건 꽤 장점이라고 생각하는데, 설마 그래서 납치했나? 이거 설마 장기 팔이인가……? 아니 좀, ×발, 뭐라 말이라도 좀 해봐요. 나름 잘 지내는 사람 대뜸 납치해서……."

"네 처참한 인생을 바꾸고 싶지 않나?"

노인의 입술이 다시 열렸다. 그 말에 백현의 말문이 막혔다. 그는 벌렸던 입술을 잠깐 닫고서 노인의 얼굴을 노려보았다.

"뭔 말을 하려는 건지는 모르겠는데요. 나는 나대로 꽤 노력하며 살고 있다고 생각해요. 할아버지가 말하는 것처럼 처참한 인생이라, 앞으로 이렇게 살고 싶지 않아서요. 공무원 시험 준비도 하고 있고요."

"그게 뭐냐."

"……몰라서 묻는 거예요, 아니면 놀리는 거예요?"

"몰라서 묻는 것이다. 하지만 그리 대단한 것 같지는 않구나."

"뭔지도 모른다면서 무슨……."

백현은 그렇게 투덜거리면서 뒤를 힐긋 보았다. 종이로 만든 문은 굳게 닫혀 있었다.

시대가 어느 시대인데 저런 문짝을 달고 있는 것인가 싶었지만, 이 자그마한 방에는 노인과 백현 단둘뿐이었다.

'할아버지치고는 정정하긴 한데…… 확 때려눕힐 수도 없고. 아니면 일단 인질로 잡아 봐? 아니, 아니야. 어쩌면 조폭 두목, 이런 걸 수도 있잖아.'

백현의 머리가 핑핑 돌았다.

"첫 싸움은 열한 살…… 그것도 싸움이라고 할 수도 없는 어린아이 주먹질. 그 이후로는 싸워 본 적이 없다니, 사람을 죽인 적도 없겠구나."

"……당연한 말 하지 마요. 사람이 사람을 왜 죽여요?"

"네 나이가 몇이냐?"

"스물한 살인데요."

"인제 와서 배우기에는 늦어도 한참이 늦었다만, 어쩔 수 없는 일이지. 조건에 딱 맞는 사람이 너밖에 없었으니……."

노인이 안타깝다는 듯이 중얼거렸다. 백현은 노인의 말을 이해하지 못해 눈썹을 찡그렸다.

"그게 대체 무슨 말……."

"본좌의 이름은 주한오라고 한다."

노인, 주한오는 그렇게 중얼거리면서 백현에게 다가왔다. 주한오가 다가오자 백현은 움찔하고서 엉덩이를 뒤로 끌었다.

"평생을 무에 매달렸지. 자식도 낳지 않고 제자도 거두지 않았다. 의미가 없었기 때문이다."

"무슨 말인지 잘……."

"천무성은 자식에게 이어지지 않는다. 중원 전역을 헤매었지만 천무성을 타고난 놈은 본좌 외에 없었지."

"……네?"

"너는 자기 자신이 어떤 재능을 가지고 있는지조차 몰랐구

나. 만약 네가 어린 나이에 스스로가 천무성을 타고났음을 알았더라면 지금처럼 처참한 인생을 살지도 않았겠지."

"잠깐…… 대체 무슨 말을 하는 거예요?"

"아니, 차라리 태어난 세상이 잘못되었다고 말하는 편이 옳겠구나. 그런 세상이 아니라 중원에 태어났더라면. 하잘것없는 무가에 태어났거나…… 삼류 나부랭이의 무공만 익혔어도 천하제일을 논할 고수가 되었을 텐데."

"이 할아버지가 무협 소설을 너무 많이 봤나……."

백현은 어이가 없어서 중얼거렸다. 그도 어린 시절 대여점에서 무협 소설은 꽤 빌려 본 편이었기에, 주한오가 하는 말이 대강 무슨 뜻인지는 이해할 수 있었다.

천무성? 중원? 무공? 천하제일?

아무래도 주한오는 노망이 난 것이 틀림없어 보였다.

"세인들은 본좌를 무신마(武神魔)라 일컬으며 두려워했다."

"무협지에 많이 나오는 별호네요."

"……너를 이곳에 데리고 온 것은, 본좌가 평생 익힌 무공의 후인으로 삼기 위해서다. 그것이 본좌의 유일한 미련이었기 때문이지."

주한오는 백현의 말을 무시하며 그렇게 내뱉었다. 백현은 더 이상 듣고 싶지 않았다.

"할아버지. 정신병원에서 탈출했어요?"

"……정신병원? 그건 또 무엇이냐?"

"머리가 돌아버리면 가는 병원이요."

"……."

백현의 말에 주한오의 눈썹이 꿈틀거렸다. 그는 한 번 끓는 속을 달래고서는 크게 심호흡을 했다.

그도 아주 경우가 없는 사람은 아니었다. 급하고 어쩔 수 없었다고는 하지만, 허락도 구하지 않고서 대뜸 이곳에 데리고 온 것은 사실 아닌가.

"……잘 들어라."

주한오가 다시 입을 열었다.

"본좌는 머리가 돌지 않았다. 지금 네가 처한 것은 꿈이 아닌 현실이고, 네가 평생을 살아도 얻지 못할 최고의 기연이다."

하지만 백현은 심드렁했다. 그가 보기엔 무신마는 무협지를 너무 많이 봐서 머리가 돌아버린 할아버지였다.

"못 믿겠다는 눈이로군."

"상식적으로 믿을 소리를 해야 믿죠."

백현은 작은 소리로 투덜거렸다. 그 말에 주한오의 입술이 비죽 올라갔다.

"상식…… 상식이라. 잘 말했다. 본좌의 파천신화공(破天神化攻)을 익힐 때 가장 먼저 해야 할 것이, 상식을 버리는 것이지."

"……뭐라고요?"

"우선 네 현실을 파악하는 것이 좋겠구나."

주한오는 그렇게 말하면서 백현을 향해 손을 뻗었다. 뭐 하는…… 백현은 그렇게 내뱉으며 몸을 일으키려 했다.

하지만 백현이 몸을 일으키기도 전에, 알 수 없는 현상이 그의 몸을 붕 띄웠다.

"어……?"

떠오른 백현의 몸이 뒤로 밀려났다. 닫혀 있던 장지문은 백현과 부딪히기 전에 자연스레 열렸다.

백현은 공중에서 허우적거리면서, 몸을 휘감은 알 수 없는 '힘'에서 벗어나려 했다. 하지만 그 힘에서 벗어나는 것보다, 백현의 몸이 열린 문밖으로 밀려 나가는 것이 더 빨랐다.

"네게 대체 무엇을 먼저 가르쳐야 할지 막막하구나."

주한오가 느긋한 걸음으로 백현의 뒤를 따라 나왔다. 공중에 뜬 채로 누운 백현의 눈앞에 회색의 하늘이 보였다.

"우선 이곳이 어디인지부터 알려야겠지. 이곳은 도원경(桃源境)이라고 한다."

"도원경……?"

"이승과 저승의 경계에 있는 곳이지. 원래라면 너 같은 존재는 들어올 수 없는 곳이나, 본좌는 너를 이곳에 불러오기 위해 꽤 귀찮은 대가를 바쳤다."

백현의 몸이 아래로 떨어졌다.

풍덩!

그가 떨어진 곳은 땅이 아닌, 정원에 딸린 큼직한 연못이었다.

백현은 어푸어푸 허우적거리다가 몸을 일으켰다. 연못은 백현의 가슴까지 올 정도의 깊이밖에 되지 않았으나, 코로 물을 잔뜩 먹은 덕에 그는 몇 번이나 콜록거리며 기침을 했다.

"꿈이 아니라는 것은 알겠느냐?"

"대…… 대체 뭐야……?"

백현은 젖은 앞머리를 손으로 넘기고서 당황한 얼굴로 주한오를 보았다.

주한오는 여전히 뒷짐을 지고 걷는 걸음을 멈추지 않았다. 그의 발이 연못 위에 올라갔다.

이후 벌어진 일에 백현의 입이 크게 벌어졌다.

주한오는 백현처럼 물에 빠지지 않았다. 그는 당연히 그래야 한다는 듯이 수면 위를 걸어 백현에게 다가왔다.

"본좌는 등선을 목전에 두고 있었다."

주한오가 백현을 내려다보았다.

"하지만, 후인을 두지 못했다는 미련이 본좌의 발목을 잡더구나. 그래서 늦게나마 전국을 뒤져 천무성을 타고난 놈을 찾아 헤맸지만…… 아까도 말했듯이 찾지 못했다."

백현은 꿀꺽 침을 삼키며 주한오를 올려다보았다.

"본좌의 파천신화공은 천무성을 타고난 놈이 아니면 익힐 수 없는 무공이다. 후인을 찾지 못해 고민하던 본좌에게 이무기가 일러주더군. 이 세상에 천무성을 타고난 놈이 없다면, 다른 세상에는 있지 않겠느냐고."

몸을 담그고 있는 연못물은 차가웠고, 젖은 머리카락과 옷이 축축했다. 불어 스친 바람이 시려 몸이 떨렸다. 그 확실한 감각은 이게 절대로 꿈이 아님을 알려주고 있었다.

"그래서 귀찮은 대가를 바쳐가며 널 불러온 것이다."

호수 위에 선 노인. 그가 백현을 날려 버린 것도, 지금 호수 위에 서 있는 것도. 조잡한 마술이나 눈속임 따위가 아니었다. 당연히, 주한오는 백현이 생각한 것처럼 무협지를 너무 많이 본 미치광이도 아니었다.

"오늘은 무척 기쁜 날이구나."

주한오가 빙그레 웃었다.

백현은 어안이 벙벙했지만, 주한오의 손에 이끌려 연못을 나왔다. 신기하게도 주한오의 손길이 닿자 젖은 몸과 옷이 뽀송뽀송하게 말랐다. 백현은 그것을 멍하니 보다가, 뒤늦게 주변을 둘러보았다.

구름이 많은 하늘은 회색이었다. 태양은 구름 너머에 가려 잘 보이지 않았고, 널찍한 정원에는 종을 알 수 없는 나무가 많았다.

백현은 자신이 '날려져 나온' 문을 보았다. 그것은 역사책에

서나 나올 법한 옛 건축 방식의 저택이었다.

"그러고 보니 아직 네 이름도 묻지 않았구나. 네 이름이 무엇이냐?"

등 뒤에서 주한오가 물었다. 멍하니 저택을 보고 있던 백현은 머뭇거리며 대답했다.

"배…… 백현이요."

"백현…… 그래. 현아. 우선 구배지례부터 올려보거라."

주한오가 흐뭇한 목소리로 말했다. 그 말에 백현은 슬쩍 뒤를 돌아보았다. 그는 빙그레 웃는 주한오의 얼굴을 보면서 꼴깍 침을 삼켰다.

"……구배?"

"사제지연을 맺게 되었으니 본좌에게 예를 갖추란 말이다."

무슨 말인지는 알았다. 백현은 완전히 몸을 돌려 난감하단 표정을 지으며 주한오를 보았다.

"……거절하는 건 안 됩니까?"

"안 된다."

주한오가 즉답했다.

"그럼 전 계속 여기서 살아요?"

"이해가 안 되는군. 네 이야기를 들어보면 처참하기 짝이 없는 인생이었거늘. 그런데도 돌아가고 싶으냐?"

"처참하고 자시고, 어딘지 모를 곳에서 사는 것보다는 나고 자란 곳으로 돌아가고 싶어 하는 게 정상 아닐까요."

"……구배부터 올리거라."

주한오가 눈썹을 찌푸리며 내뱉었다.

"네 성취에 따라서 돌아갈 수 있을 것이다."

듣던 중 반가운 소리였다.

엉거주춤한 자세로 올린 구배였지만, 주한오는 자세를 두고
서 별다른 지적은 하지 않았다. 그는 뒷짐을 지고 서서 백현을
위아래로 훑어보았다.

"무를 아느냐고 물었었다."

"……먹는 무요?"

"……모르는군."

주한오가 혀를 차며 중얼거렸다. 결국, 처음부터 다 가르쳐
야 한다는 말이다.

그나마 다행인 것은 백현이 주한오와 같은 천무성을 타고났
다는 것이다. 물론, 백현은 자신이 그런 축복을 받았다는 것을
오늘 주한오로 인해 처음 알게 되었다.

"천무성이 뭐죠?"

"무(武)의 축복이다."

주한오는 먼저 그렇게 말했다.

"너는 태어나서 단 한 번도 흥미를 가졌던 적이 없는 모양이
지만, 네 몸은 이 세상 그 누구보다 무에 관한 재능을 진하게

1

타고났다. 천 년, 아니, 만 년에 한 번 날까 말까 하는 재능. 그것이 바로 천무성이다."

"……그런 재능을 느낀 적이 없는데."

"찾아보려 노력은 했느냐?"

주한오의 말에 백현의 말문이 막혔다.

"무(武)가 무엇인지도 모르는데 무에 관한 재능을 갖고 있음을 어찌 깨달을 수 있겠느냐? 그래서 본좌가 말했던 것이다. 태어난 세상이 잘못되었던 것이라고. 만약 네가 중원에서 태어났더라면……."

주한오는 끌끌 혀를 차면서 머리를 흔들었다.

"……의미 없는 말이구나. 이것만 알아두거라. 너는 세상 누구보다 뛰어난 자질을 가지고 있고, 세상 누구보다 강한 본좌를 스승으로 두었다. 네 성취가 빠르면 네가 돌아가고자 하는 세상으로 빨리 돌아갈 수 있을 것이다."

사실 아직 상황 파악이 잘되지 않았다. 어쩔 수 없는 일이었다. 백현은 단 한 번도 자신에게 이런 일이 일어날 것이라고는 생각해 본 적이 없었고, 천무성이니 무신마니 하는 무협지 같은 이야기가 현실이 될 것이라고도 생각해 본 적이 없었다.

고아원 출신이라는 것을 제외하면, 백현은 자기 자신이 꽤 평범한 사람이라고 생각하고 있었다. 무난하게 학교에 다녔고 무난하게 졸업을 했다. 없는 형편이라 대학교는 애초부터 꿈도 꾸지 않았다. 가끔 보면 아르바이트를 병행하면서 공부도 잘하는 괴물 같은 놈들이 있지만, 백현은 그런 괴물이 아니었다.

몸 쓰는 일? 스포츠? 전단지를 돌리거나 막노동. 그런 류의 일도 스포츠라고 할 수 있을까. 곰곰이 생각해 보니 그런 쪽에 재능이 있었던 것 같기도 했다.

같이 막노동을 했던 민식이는 하고 난 다음 날 죽겠다고 몸 져누웠는데, 백현은 멀쩡했다.

'민식이 엄살 때문에 막노동은 더 못 나갔지만.'

싸움 따위는 초등학생 이후로 해본 적도 없었다. 고아원 출신이라고 짜증 나게 구는 놈들은 많았지만, 그런 놈들을 일일이 두들겨 패줄 수도 없는 노릇 아닌가. 무른 성격이라기보다는 나서서 사고를 치고 싶지 않았다.

그에겐 흠씬 패 준 놈의 병원비를 대신 내줄 부모가 없었기 때문이다.

'인생이 바뀐다……'

연못 위를 걷던 주한오의 모습이 눈앞에 아른거렸다. 백현은 꿀꺽 침을 삼키며 주한오를 보았다.

주한오는 관자놀이에 손가락을 갖다 대고 두 눈을 감고 있었다. 백현은 두 눈을 동그랗게 뜨고 그런 주한오를 바라보았다.

"지금 뭐 하는……."

"됐다."

주한오가 감고 있던 두 눈을 떴다. 그는 손을 들어 활짝 펼쳤다. 그러자 펼친 손바닥 위로 두꺼운 책들이 '만들어져' 쌓였다.

"……뭐…… 뭐예요?"

"네가 익혀야 할 것들이다."

주한오가 심드렁한 목소리로 말했다. 그의 손에 쌓여 있던 책들이 둥실 떠올라 백현에게 날아왔다.

"본좌의 기억을 토대로 만들어낸 것들이다."

백현은 얼떨떨한 표정으로 책을 받았다.

"……그것도 그…… 뭐냐, 파천신화공? 그걸 익히면 되는 건가요?"

"……파천신화공을 익힐 때 상식을 버리라고 한 것은 본좌지만, 방금 그것은 파천신화공의 공능이 아니다. 이곳, 도원경에서만 가능한 신비(神祕)지."

주한오는 그렇게 대답해 주고서는 다시 뒷짐을 졌다.

"우선 그것을 모두 익히도록 해라."

"……저, 할아버……."

백현은 끝까지 말하지 못했다. 주한오가 불꽃을 담은 것처럼 이글거리는 눈으로 자신을 노려보았기 때문이다.

"……스승님. 제가 그 뭐냐, 천무성인지 뭔지는 잘 모르겠는데…… 살면서 머리가 좋다고 생각해 본 적은 한 번도 없거든요."

"무슨 말을 하고 싶은 게냐."

"그러니까요……. 이 책, 아니, 책들. 너무 두꺼워서 제 머리로는 다 못 외울 것 같다고요."

"……현아. 지금 본좌와 농 짓거리를 하는 게냐?"

주한오가 어이가 없다는 표정을 지으며 내뱉었다.

"고작 이 정도 두께의 책을 외우지 못한다고? 그게 무슨 말도 안 되는 말이냐?"

"아니, 진짜로요. 저 살면서 머리가 좋거나 암기력 좋다고 느낀 적이 한 번도 없다니까요. 구구단이나 그런 것 외우는 속도도 남들이랑 비슷했고……."

"말도 안 되는 소리 하지 마라. 천무성을 타고났다는 것은 무의 축복을 가졌다는 것이고, 그 말은 즉 범인을 아득히 넘어선 오성을 가졌다는 말이다."

주한오가 머리를 흔들며 내뱉었다. 그런 주한오의 태도가 백현을 더 답답하게 만들었다.

"제가 뭐하러 나 멍청하다고 거짓말을 합니까?"

"……이리 와 보…… 아니, 아니다. 본좌가 가마."

말이 끝나기도 전에 주한오는 백현의 앞에 서 있었다. 그는 대뜸 손을 뻗어 백현의 손목을 잡았다.

손목에서 느껴지는 묘한 느낌에 백현은 헉하고 숨을 삼켰다. 뭔지 모를 무언가가 주한오의 손을 통해 백현의 손목으로 들어와, 그의 몸으로 흘러들어왔다.

"……이게 무슨……."

주한오의 눈썹이 파르르 떨렸다.

"혈도가 죄다 꼬인 데다가 뭔 놈의 탁기가……? 현이 너, 어린 시절에 뭔 사고라도 당한 것이냐?"

"그…… 교통사고 당한 적은 있는데요. 아버지가 몰던 차가 트럭이랑 부딪혀서요. 덕분에 부모님 돌아가시고, 저도 죽을 뻔했는데 운 좋게 살아났죠."

그다지 떠올리고 싶지 않은 일이었다. 그때 백현의 나이는 고작 여섯 살이었고, 너무 어렸을 때라 기억도 잘 나지 않는다.

보험금과 재산은 친척들이 모조리 나눠 먹었고, 간신히 목숨을 부지한 백현은 한동안 병원 신세를 지다가 고아원으로 보내졌었다.

"……교통사고와 트럭이 뭔지는 모르겠지만, 큰 사고를 겪어 죽다 살아났다는 것이로군."

"그렇죠."

"어쩐지…… 천무성을 타고난 놈이 자신의 특별함을 모르는 것이 이상하다고 생각은 했건만."

십수 년 전에 겪은 교통사고의 후유증으로, 백현의 몸은 천무성으로 타고난 자질이 빛을 발하지 못할 정도로 망가져 있었다.

사실 백현이 그 사고에서 목숨을 건지고 아무 장애 없이 살아왔던 것은 천무성을 타고난 덕분이었다. 물론 백현은 그 사실을 전혀 모르고 살아왔다.

"어떡해요? 저 그냥 원래 세상으로 돌아가요?"

"아니!"

혹시나 해서 물어보았지만, 주한오가 버럭 고함을 질렀다.

"꼬인 혈도야 풀면 되는 것이고 탁기야 몰아내거나 태워버리면 되는 것이다. 아무 문제 없다. 그 사고를 통해 네 오성이 막혔다고는 하나, 네가 천무성을 타고났다는 본질이 비꼈는 것은 아니다."

주한오는 그렇게 내뱉으며 백현의 옷을 벗기기 시작했다. 백현은 비명을 지르며 주한오에게서 도망치려 했지만, 주한오는 아예 백현의 혈도를 제압해 움직이지 못하게 만들었고, 고래고래 지르는 비명이 시끄러워 아혈까지 짚어버렸다.

"본좌는 무신마다."

알몸의 백현을 땅 위에 눕히고서, 주한오는 양팔 소매를 걷어 올렸다.

"본좌에게 불가능한 일은 많지 않다."

아예 없다고는 하지 않는 것이 주한오 나름대로의 솔직함이었다. 그는 정신을 집중하고 손끝에 내공을 모았다.

사실 이것은 절대로 쉬운 일은 아니었다. 내공을 사용하는 타혈을 무리 없이 행하기 위해서는 어마어마한 내공과 그 이상 가는 정교한 내공수법이 필요하다.

그러나 주한오는 그 둘 모두를 가지고 있는 인물이었다. 또한, 그에게는 물러설 곳이 없었다. 무슨 수를 동원해서라도 백현에게 파천신화공을 계승시켜야만 했다.

타혈이 시작되었다. 그것은 꼬박 하루가 걸렸다. 하루가 지났음에도 도원경의 해는 저물지 않았고, 여전히 하늘은 회색이었다.

하루 내내 백현의 몸을 주무르던 주한오가 드디어 몸을 일으켰다. 많은 내공과 심력을 소모하는 일이었지만, 주한오는 조금도 지친 기색이 없었다.

"되었다."

그는 스스로 뿌듯함을 느끼며 아래를 내려 보았다. 알몸의 백현이 바닥에 널브러져 움찔거리고 있었다.

아프기도 했고 시원하기도 했고, 뭐라 구분 지을 수 없는 기분의 잔재가 아직 몸뚱이에 남아 있었다. 가장 큰 것은 무력감과 허탈감이었다.

주한오는 구석에 던져두었던 백현의 옷가지를 격공섭물로 끌어다가 백현의 몸 위에 던져주었다.

"꼬인 기혈의 위치를 바로잡았고 막힌 혈도도 뚫었다. 오성도 열렸으니 책을 외우는 것에 큰 문제는 없을 것이다."

백현은 대답하지 못했다.

그냥 집에 돌아가고 싶다는 생각이 들었다.

하지만 집에 돌아갈 수가 없었다. 주한오는 넓은 저택의 빈 방 중 아무 곳을 쓰라고 말했고, 백현은 한아름 책을 안고서 아무 방을 잡고 들어왔다.

"……그러고 보니."

백현은 품에 안고 있던 책을 내려놓았다.

"……왜 똥이랑 오줌이 안 마렵지?"

백현은 하루가 지났음은 몰랐지만, 제법 시간이 흘렀다는 것은 인지하고 있었다. 그런데 이상하게 배도 고프지 않고 화장실에 가고 싶단 기분도 들지 않았다.

"영혼은 먹을 필요도 없으니 쌀 필요도 없다."

뒤에 따라 들어온 주한오가 대답해 주었다. 그 말에 백현은 화들짝 놀라 뒤를 돌아보았다.

"……여, 영혼? 저 죽은 거예요?"

"……현아, 멍청한 소리 좀 하지 말거라. 본좌가 뭐하러 죽은 놈을 제자로 들이겠느냐. 너는 멀쩡히 살아 있다."

주한오가 짜증스러운 목소리로 내뱉었다.

"하지만 도원경은 육신을 가진 자는 들어올 수 없는 곳이다. 게다가 약해 빠진 육신을 가지고 있어서는 당장의 수행에 방해만 될 뿐이지. 그래서 본좌가 귀찮은 대가까지 치러가며 너를 이곳에 데리고 온 것이다."

"그러면…… 아까 스승님이 한 거. 제 옷 벗기고 그 뭐야……."

"타혈 말이냐?"

"네, 그거도 몸으로 돌아가면 의미 없는 것 아니에요?"

"그건 아니다. 육체는 영혼의 껍데기일 뿐이니. 네 영혼을 뜯어고쳤으니, 본래 몸으로 돌아가도 자연스레 몸뚱이가 네 영혼에 맞게 변할 것이다."

주한오는 그렇게 대답해 주고서 백현이 내려놓은 책을 손끝으로 가리켰다.

"무슨 말인지 알겠느냐? 너는 이곳 도원경에서는 먹을 필요도 없고 쌀 필요도 없다. 마찬가지로 잠을 잘 필요도 없지."

"……그럼……?"

"네 모든 시간을 수행에 매진할 수 있다는 말이다."

그 말은 백현에게 사형선고처럼 들렸다.

"……잘 필요가 없어도 자려고 하면 잘 수 있을 것 같은데요."

슬며시 한 말에 주한오는 말없이 백현의 얼굴을 노려보았다. 백현은 더 이상 말하지 않고 책 앞에 앉았다. 그가 책을 펼치자, 주한오가 머리를 끄덕거렸다.

"내일까지 외우도록 해라."

"뭐 말도 안 되는……."

등 뒤에서 문이 닫히는 소리를 들으며, 백현은 들으란 듯이 궁시렁거렸다.

하루도 필요 없었다.

"……말도 안 돼."

반나절이 지나니 책의 내용이 모조리 외워졌다.

2장
버르장머리 없는

"파천신화공은 본좌가 말년까지 얻은 심득을 하나로 모아 만든 신공이다. 익히면 하늘을 박살 내는 무위를 손에 넣고, 극성까지 익히면 신이 될 수도 있다."

주한오는 파천신화공에 초식을 두지 않았다. 주한오가 파천신화공을 창안했을 때, 그는 이미 초식과 무의 형을 초월해 있었다.

광오하고 불친절한 무공. 백현이 파천신화공에 느낀 감정은 딱 그것이었다.

"뱁새가 황새를 따라가면 가랑이가 찢어진다고들 하지."

주한오는 뒷짐을 지고 서서 백현을 쳐다보았다.

"차라리 가랑이가 찢어지는 것을 감수하고 조금이라도 멀리 가는 것이 낫다. 뱁새가 뱁새처럼 걸어봤자 결국 뱁새일 뿐이다."

"그 말이 맞습니다."

"같은 천무성을 타고났다고는 하나, 현이 너와 본좌 사이에는 어마어마한 격의 차이가 있다. 본좌는 일백 년이 넘는 시간을 매진하여 이만한 경지에 도달하였고, 지금의 본좌가 만들어지기까지에는 수많은 경험이 필요했다."

"그렇겠죠."

백현은 우두커니 서서 주한오를 마주 보았다.

그가 도원경에 온 지도 어느덧 일주일이 넘었다. 그 시간 동안, 백현은 주한오에게서 받은 책을 모조리 암기하고 몸으로 직접 사용하는 것에 익숙해졌다.

예전에는 상상도 못 할 일이었지만, 주한오의 타혈을 통해 오성이 열리고 꼬인 기혈과 막힌 기혈이 풀린 덕분이었다.

"무를 알기 위해서는 체(體)뿐만이 아니라 심(心)과 기(氣) 모두에 정통해야 한다. 초식은 무엇보다 쉽게 무공을 펼치게 해주지만, 그것에 얽매이다가는 심, 기, 체 모두가 초식에 갇혀 버린다."

"네."

주한오가 근엄한 표정으로 말했고, 백현은 진지한 얼굴로 주한오의 말을 들었다. 괜히 말대꾸했다가는 안 맞아도 될 매를 맞는다는 것을 지난 일주일을 통해 학습한 덕이었다.

"지난 일주일 동안, 현이 너는 본좌에게 파천신화공의 기초를 배웠다. 내공은 얼마나 쌓았느냐?"

"단전에 뭔가 꿈틀거리는 것은 느껴지네요."

"도원경은 세상 어디보다 기가 풍부한 곳이다. 또한, 파천신화공은 본좌가 알고 있는 그 어떠한 내공심법보다 뛰어난 것이다."

"과연 그렇군요."

열심히 맞장구를 쳤다.

"그렇지. 소림의 나한전은 물론이고 황궁과 마교의 무림서고를 털면서 그 안에 있는 무공을 모조리 확인해 봤는데, 본좌의 파천신화공보다 나은 무공은 없었다."

"그런데 왜 터셨습니까?"

"혹시나 뛰어난 것이 있다면 참고 좀 하려 했는데, 기대 이하였다."

주한오가 머리를 흔들며 중얼거렸다.

"하지만 현아, 무의 강함은 무공의 뛰어남으로 결정되는 것이 아니다. 평생을 삼류 중의 삼류인 삼재검법만 익힌 자의 검이라고 해도, 검문 중 제일이라는 무당의 검법보다 예리할 수 있는 법이다. 물론 삼재검법을 그 정도까지 익힐 놈이 무당의 검법을 익혔으면 진즉에 검왕이라 불렸을 테지만."

"쓰는 사람이 중요하다는 것이군요."

"그래. 그리고 중요한 것은 경험이다."

주한오는 그렇게 말하면서 손을 들어 앞으로 뻗었다. 그의 몸이 회색빛에 휘감겼다. 백현은 놀라지 않고 그것을 바라보았다. 주한오의 몸이 한 번 흔들거린다 싶더니, 그의 몸을 감싸고 있던 회색빛이 앞으로 쭈욱 뻗어졌다.

"……어……."

놀라지 않으려 했지만, 이번에는 놀랄 수밖에 없었다. 백현의 앞. 주한오의 손이 향한 곳에 선 것은, 자그마한 체격의 소년이었다.

도원경에 들어오고서 주한오 외에 다른 사람을 본 것은 처음이라, 백현의 두 눈이 크게 떠졌다.

"……쟤는 누굽니까?"

"난 주한오라고 한다."

주한오의 앞에 선 소년이 대답했다. 그 말에 백현은 어처구니가 없어서 소년의 얼굴을 보았다. 분명 처음 보는 얼굴인데, 이상하게 낯이 익은 느낌이었다.

"본좌가 열 살 때의 모습이다."

"……이것도 그…… 도원경의 신비인가요?"

"그렇지."

백현은 더 이상 묻지 않았다. 이곳, 이승과 저승의 경계라는 도원경. 상식이 통용되지 않는 세계였다. '무신마' 주한오는 뒷짐을 지고서 몇 걸음 뒤로 물러섰다.

"본좌는 여덟 살의 나이에 무공에 입문했다. 저 시절의 본좌는 대단한 무공을 익히지 못했고, 파락호들 사이에 떠돌던 삼류무공인 명공심법을 익혔지. 권법 몇 개를 주워 익히기는 했지만, 그 역시 대단한 무공은 아니었다."

"그런 내가 나중에 천하제일인이 되다니, 참 감개무량하군."

열 살의 주한오가 시시덕거리며 말했다. 그는 등 뒤에 선 주한오를 보며 히죽 웃더니, 다시 백현을 돌아보고서 권법의 자세를 잡았다.

"……지금 뭐하자는 겁니까?"

"열 살의 본좌를 쓰러뜨려 보거라."

"와라, 나중의 제자야."

열 살의 주한오가 손끝을 까딱거리며 도발했다. 백현은 약간 어지러워지는 것을 느끼며 한숨을 내쉬었다.

"그러니까…… 저보고 열 살 때의 스승님을 패버리라고요?"

"할 수 있다면 말이다."

"아무리 그래도 이건 좀 너무한 것 아닌가. 열 살이면 초등학교 3학년인데……."

열 살의 주한오는 백현의 허리에 간당할 정도로 키가 작았고, 당연히 팔다리도 짧았다. 아직 젖살이 그대로 남아 볼살도 통통했다.

백현은 떨떠름한 얼굴로 열 살의 주한오를 바라보았다.

"애랑 싸우는 건 좀……."

"쫄았냐?"

열 살의 주한오가 이죽거렸다.

"뭔 말이 그렇게 많아? 야, 덤벼. 열 살 꼬마한테 얻어터질까 봐 무서워?"

"……허허……."

백현은 실없는 웃음을 터뜨리면서 몸 안에서 파천신화공을 운용했다.

"이 버르장머리 없는 애새……."

백현의 말이 끝나기도 전에, 열 살의 주한오가 달려들었다.

"너 약하구나."

무슨 일이 벌어진 것인지 잘 알 수가 없었다.

호기롭게 외쳤고, 싸우려고 했던 것은 기억난다. 그런데 어느 순간 눈앞에서 별이 번쩍거렸다.

아프다고 생각한 순간에 파바박, 뭔가가 더 일어났다. 그때 의식이 잠깐 끊겼고, 정신을 차려보니 일주일 동안 질리도록 보았던 도원경의 우중충한 하늘을 보고 있었다.

백현은 손을 들어 코를 더듬었다. 주저앉은 코에서 쌍코피가 철철 흐르고 있었고, 입술도 터져 있었다.

그는 욕설을 내뱉으며 몸을 일으켰다. 그러자 얼마 떨어지지 않은 곳에서, 스승인 주한오가 복잡하기 짝이 없는 표정으로 이쪽을 보고 있는 것이 보였다.

"……이것을 뭐라 말해야 할지……."

주한오가 작은 목소리로 중얼거렸다.

"열 살 때의 본좌가 이리도 뛰어났음에 자화자찬해야 하는가? 아니면 기껏 불러 거둔 제자가 약해 빠진 것에 한탄해야 하는가……."

"둘 다 하는 것이 어때?"

열 살의 주한오가 피에 젖은 주먹을 털면서 낄낄 웃었다.

"어느 정도 예상한 결과 아니야? 파천신화공을 익혔다고는 해도, 쟤는 싸움 경험도 거의 없는 초짜잖아. 하지만 나는 무공 익히기 전에도 동네 파락호들을 두들겨 패고 다녔고, 무공 익힌 뒤에는 뒷산 녹림 산적들도 쳐 죽였다고."

자랑스레 떠드는 말에 백현은 뒤늦게 상황을 깨달았다.

뭔 수도 써보지 못하고 엉망으로 두들겨 맞았다. 키가 작다. 팔다리가 짧다. 그것에 방심했다. 시야가 좁아졌다. 시야 아래로 파고 들어오는 속도가 생각보다 너무 빨라서, 그래서 대응하지 못했다.

처음으로 얻어맞은 것은 턱인가? 거기서 제일 먼저 의식이 흔들렸고, 이어진 연타를 그대로 허용했다.

"경험의 문제야."

열 살의 주한오가 떠들었다.

"너는 경험이 너무 부족해. 어떻게 싸워야 할지를 몰라. 익힌 무공이 나보다 훨씬 뛰어나고, 나보다 내공도 많고, 나보다 몸도 크지만. 그래도 나보다 약해. 내가 너보다 싸운 경험이 많으니까."

아무리 그렇다고 해도 이 정도 차이가 날 수 있나?

"일어 서."

열 살의 주한오가 재촉했다.

"네 몸이 진짜 몸이라면 상처가 낫는 것에 꽤 오래 걸리겠지만, 이곳은 도원경이야. 봐, 어느새 상처가 없어졌잖아."

정말이었다. 백현은 손을 들어 얼굴을 더듬었다. 조금 전까지 흐르던 코피는 그대로 남아 있었지만, 주저앉은 코가 멀쩡히 서 있었다.

"그러고 보니, 네가 아까 뭐라 말하려 했었지? 버르장머리 없는 애새…… 뭐? 애랑 싸우는 건 좀? 푸하하!"

"……와, 씨."

백현은 입에 고인 피를 퉤 뱉으면서 몸을 일으켰다.

"정신이 확 드네."

설마 열 살의 꼬마한테 이렇게 두들겨 맞는 날이 올 것이라고는 상상도 해본 적이 없었다. 백현은 두 주먹을 꽉 쥐고서

1

열 살의 주한오를 노려보았다.

"이번에는 좀 봐주면서 할게."

열 살의 주한오가 다시 권법의 자세를 잡았다. 백현은 코와 입가에 묻은 피를 벅벅 문질러 닦았다.

조금 전에는 방심했다. 그것은 일단 인정해야 했다. 그렇다면 방심하지 않으면 되는 일인가?

'아니, 그것도 아니야.'

열 살의 주한오가 움직이는 것을 보았다. 시야를 낮추지 말고 넓혔다. 파천신화공을 수련하며 쌓은 내공. 일주일밖에 안 되었다지만 기가 넘치는 도원경에서의 수행은 백현의 단전에 확실히 내공의 존재를 각인시켜 놓았다.

무의 축복을 받는다는 천무성 덕에 파천신화공의 내공수행에 어려움을 느낀 적은 아직 없었다. 고작 일주일이 지났을 뿐이지만, 백현의 몸은 예전과 비교할 수 없을 정도로 잘 조율되어 있었다.

그 '눈'으로 주한오의 움직임을 쫓는다. 쫓는 것이 힘들었다. 열 살 어린아이의 움직임이라고는 생각할 수 없을 정도로 빠르다.

방심의 문제가 아니었다. 열 살의 주한오는 단순히, 지금의 백현보다 강했다.

"약하다니까!"

그것도 압도적으로.

경험의 차이. 그 말대로였다. 열 살의 주한오는 스물한 살의 백현보다 '싸움'에 있어서 많은 경험을 가지고 있었다.

도대체 몇 번을 두들겨 맞고 쓰러지고 일어났는지 모르겠다. 맞아도 맞아도 아픔은 도저히 익숙해지지 않았다. 그쯤 되니 짜증과 오기가 솟구쳤다.

"개새……."

욕 한마디 제대로 하지 못하고 턱을 얻어맞았다. 주먹 한 번 제대로 휘두르지 못하고 정신을 놓았다. 휘둘렀다고 생각하면 뻗어 때렸고, 뻗었다고 생각하면 발로 찼다.

그건 말 그대로 농락이었다. 고작 열 살짜리에게 농락당하고 있는 자기 자신이 병신 같았다.

천무성?

무의 축복. 천재적인 무의 자질. 주한오가 준 책을 반나절 만에 외웠을 때. 처참한 인생이 바뀔 것이라는 주한오의 말을 떠올리며 가슴이 두근거리는 것을 느꼈다.

"스승님."

도원경에는 밤이 없다.

하지만 하루가 지났음을 알았다. 백현은 바닥에 널브러져서 도원경의 회색 하늘을 보았다. 오늘 하루에 저 하늘을 대체 몇 번이나 보았는지.

"저 왜 이리 약하죠?"

"······본좌가 어린 시절부터 너무 뛰어났던 것이다."

"아니, 그건 알겠는데. 나도 천무성인데 왜 이리 약한 거예요?"

"천무성이라고 노력이 필요하지 않은 것은 아니다."

주한오는 쓰러진 백현을 물끄러미 보면서 말했다. 열 살의 주한오는 어느새 사라져 있었다.

"너는 열 살의 본좌보다 경험도, 노력도 부족했던 것뿐이다."

"알아요."

백현은 쓰게 웃으면서 벌떡 일어섰다.

"스승님은 내가 그 새끼······."

"스승에게 새끼라고 하는 것은 좀 그렇구나."

"······열 살의 스승님을 두들겨 패는 것에 얼마나 걸릴 거라 생각해요?"

"여태까지 네가 두들겨 맞는 것을 보니, 열흘은 걸릴 것 같구나."

주한오는 과장 없이 대답했다. 그 말에 백현은 피식 웃었다.

"역시, 사람은 목표가 있어야 돼."

일주일 뒤.

"이 버르장머리 없는 애새끼!"

백현은 열 살의 주한오를 흠씬 두들겨 패고서 격정에 찬 목소리로 외칠 수 있었다.

열다섯의 주한오는 열 살의 주한오와 비교가 되지 않을 강자였다. 열 살의 주한오가 삼류 내공심법과 권법을 주워다 익히고, 파락호와 녹림 산적 따위를 두들겨 팼던 것과는 다르게. 열다섯의 주한오는 몇 년 동안 익힌 삼류 무공과 그간의 경험을 통해 스스로 무공을 창안한 경지에 이르러 있었다.

그 시절의 주한오는 중원 무림에 확실히 이름을 알리기 시작했고, 남궁세가의 소공자인 소검룡 남궁비휘를 두들겨 패버린 탓에 남궁세가에 쫓기는 처지였다.

"그 자식을 그때 죽였어야 했는데."

열다섯의 주한오가 투덜거렸다. 열 살 때와 비교해서 키도 훌쩍 컸고 젖살도 빠져 있었다.

백현은 내심 열다섯의 주한오가 노안이라고 생각했지만, 그것을 굳이 말로 내뱉지는 않았다.

"시비도 놈이 먼저 걸었다. 객잔에서 하도 시끄럽게 굴길래 닥치라고 했더니, 제 분을 못 이겨서 덤벼들었다고. 죽여 버릴까 하다가 나이도 어린 것 같아서 살려줬더니, 에잉……!"

남궁세가의 추격을 받는 중에도 주한오는 여유로워 보였다. '무신마' 주한오의 기억을 토대로 만든 과거의 주한오. 그것은 이곳 도원경에서만 가능한 신비였고, 아예 별개의 인격이라고 생각해야 했다.

"열 살의 나와 다르다는 것은 알겠지?"

"네."

백현은 입가를 벅벅 문지르며 내뱉었다. 그가 도원경에 온 지도 어느덧 일 년이 되었다. 열 살의 주한오를 쓰러뜨리고 나서, 그는 일 년 동안 무신마 주한오에게서 무공의 지도를 받았다.

"본좌가 너에게 바라는 것은 파천신화공을 5성까지 익히는 것이다."

열다섯 주한오의 뒤편에 서 있던 무신마 주한오가 말했다.

"현이 네가 파천신화공을 5성까지 익힌다면, 본좌는 미련 없이 등선할 것이고 현이 너도 고향으로 돌아갈 수 있을 게다."

"오래 걸리겠죠."

백현은 투덜거리면서 몸을 일으켰다. 사실 지금 와서는 원래 세계로 돌아가고 싶다는 생각도 별로 들지 않았다. 처음 도원경으로 왔을 때는 이 뭔지 모를 빌어먹을 곳에서 빨리 나가고 싶다는 생각뿐이었는데……

재미있었다. 그게 전부였다. 도원경에서 자신을 제외한 사람이, 저것을 애당초 사람이라고 할 수 있을지도 잘 모르겠지만. 어찌 되었든, 도원경에 주한오와 단둘뿐이라고 해도. 무공을 배우는 것이 재미있었다.

생각해 보면 태어나서 지금까지, 이렇게 무언가를 열심히 했던 적은 없었다. 학교에 다니고, 공부하고, 아르바이트를 하고. 스스로가 처참한 인생이라는 것을 알아서…… 열심히 하면서도 마음 한구석에서는 도망칠 구석을 만들어 두고 있었다. 그래 봤자 나란 놈이 무슨, 그딴 생각들.

누구 하나 백현에게 기대해 주지 않았다. 남들이 보는 백현은 부모 없는 고아였고, 같은 고아원 출신인 녀석들이 보기에도 그건 다르지 않았다. 진즉에 엇나간 놈들도, 그나마 멀쩡하게 살려 노력하는 놈들도.

하지만 주한오는 아니었다. 그는 맹목적으로 백현에게 기대하고 있었고, 그 나름대로 최선을 다해 백현에게 무공을 가르치고 있었다.

단지, 파천신화공이 워낙에 난해한 무공이라 아직 백현의 성취는 1성에 그쳐 있었다. 그것은 어쩔 수 없는 일이었다. 파천신화공을 창안한 주한오가 직접 곁에 붙어 무공을 지도하고 있지만, 파천신화공은 무신마 주한오가 말년의 심득을 종합해 만든 무공이다. 저 무공은 그가 살아온 120년의 세월과 경험의 정수였다. 똑같은 천무성을 타고났다고 해도, 백현은 주한오가 아니다.

일 년 동안 백현은 그것을 뼈저리게 느꼈다.

파천신화공에는 초식이 없다. 그렇다고 백현이 초식을 배우지 않은 것은 아니었다.

주한오는 초식이 결국에는 형을 정해둔 것이고, 초식에 너무 익숙해지면 언젠가는 심기체가 그 형 안에 갇혀 버린다고 했었지만. 그렇다고 초식의 존재 이유를 부정하지는 않았다. 초식은 쉽게 말하자면 몸을 효과적으로 쓰기 위한 행동요령이다.

천무성의 자질과 파천신화공, 그리고 무신마라는 스승. 그것이 있다고 해도 초식은 배워야 했다. 단지 그것을 무공으로서 익히지 않았을 뿐이다.

"……후우!"

백현은 한숨을 푹 내쉬며 몸을 일으켰다. 그는 눈가를 찡그리며 자신의 양팔을 내려 보았다. 엉망으로 짓이겨졌던 팔은 어느새 멀쩡히 회복해 있었다. 이미 몇 번이나 겪은 일이라 놀랄 것도 없었지만, 그렇다고 기분까지 멀쩡한 것은 아니었다.

"와 봐."

열다섯의 주한오가 손을 털며 말했다. 새카만 빛이 그의 몸을 휘감았다. 그것을 보며 백현은 짧게 숨을 삼켰다.

호신강기. 열다섯의 주한오는, 무림인들이 수십 년 무공을 익혀야 펼칠 수 있다는 호신강기를 자유자재로 펼치고 있었다.

전력의 차이는 압도적이었다. 경험의 차이는 말할 것도 없었고, 내공의 양과 내공의 컨트롤에서도 어마어마한 차이가 난다. 하지만 백현은 물러서지 않았다.

일 년 전. 열 살의 주한오를 두들겨 패는 것에 일주일이 걸렸다. 이번에는 그와 비교도 할 수 없는 오랜 시간이 걸릴 것이다. 그것은 누가 알려 주지 않아도 백현 스스로가 느낄 수 있었다. 그것에 질리는 기분은 들지 않았다. 짜증도 나지 않았다. 자신보다 어린 열다섯 꼬마에게 두들겨 맞을 수도 있다는 현실, 그것이 당연하다고 생각했다.

약하니까 당연한 거다.

약하면 강해지면 된다.

무신마 주한오는 멀찍이 서서 백현을 보았다. 등선 직전에 남았던 유일한 미련. 그를 위해 다른 세계에서 불러와 거둔 제자.

처음에는 그리 마음에 들지 않았지만, 그것도 벌써 일 년 전이다. 그가 살아온 세월을 생각하면 일 년은 짧은 시간이었지만, 이곳 도원경에서의 일 년은 무림에서의 평생과 비교해도 크게 못 하지 않을 정도로 즐거웠다. 제자 때문이었다. 일 년 전에는 뺀질거리기만 했는데, 이제는 제법 진지할 줄도 알게 되었다.

주한오가 가장 흐뭇하게 느끼는 것은, 백현이 무공을 익히는 즐거움을 알게 되었다는 것이다.

사실 그것은 당연했다. 천무성을 타고났다는 것은 무의 축복을 받았다는 것이다. 어지간한 무공이라면 한 번 보는 것으로 이해할 수 있고, 익히는 속도도 빠르다. 둔재와 범재는 배우는 것에 큰 즐거움을 느끼지 못할지도 모르지만, 천재는 다르다. 배울 때마다 새로운 경지로 나아가는데 어찌 즐거움을 느끼지 않겠는가.

'……게다가 독해.'

그것은 주한오의 예상외였다. 무공이 없는 세계. 싸움이 없는 세계에서 왔다고 했다. 살인이 흔하지 않은 곳. 강함이 법이 아닌 곳에서 왔다기에, 당연히 유약한 놈일 것이라고 생각했다.

하지만 아니었다. 상처가 금세 멀쩡해진다고 해도, 맞다 보면 아픔을 두려워하는 것이 인간이다. 하지만 백현은 맞아도 맞아도 계속해서 일어나 덤비곤 했다.

지금도 똑같았다. 압도적인 전력의 차이. 지금의 백현은 절대로 열다섯의 주한오를 이길 수가 없다. 백현의 내공 수준으로는 아직 강기를 만들어낼 수가 없다. 백현의 공격으로는 절대로 주한오의 호신강기를 뚫을 수가 없다.

그런데도 물러서지 않고 덤빈다. 상대의 움직임을 놓치지 않으려 눈을 크게 뜨고 감각을 활짝 연다.

면전으로 날아오는 주먹에 눈을 감지 않는다. 종이 한 장 차이로 피하면서 빈 곳에 주먹을 때려 넣는다. 뚫지 못함을 앎에도 우직하게. 그 모습에 주한오는 빙그레 웃었다.

하지만 안 되는 것은 안 되는 것이다. 얼마 지나지 않아 백현은 피떡이 되어 땅바닥에 엎어졌다. 열다섯의 주한오는 고개를 절레절레 저으며 그런 백현을 내려 보았다.

"독종이군."

그는 솔직한 감정으로 중얼거렸다.

"안 되는 것을 알면서도 덤비다니. 도원경에서는 죽지 않는다…… 그걸 믿는 거냐?"

"……이런 곳이니까 가능한 것이지. 언제 이런 식으로 배워 보겠어?"

백현은 땅바닥에 대자로 누워서 거친 숨을 몰아쉬었다. 그 모습을 보던 열다섯 주한오가 크게 웃었다.

"그래, 그 말이 맞지. 무식한 놈이지만 마음에 들어."

열다섯의 주한오는 그렇게 말하고서 연기가 되어 사라졌다. 백현은 뻐근한 팔다리를 한 번 허우적거리다가, 허리를 튕겨 자리에서 일어섰다.

"어땠어요?"

"엉망으로 두들겨 맞았는데 뭘 물어보는 것이냐?"

"그런 것치고는 흐뭇하게 보시던데."

백현은 히죽 웃으면서 주한오에게 말했다. 그 말에 주한오는 헛웃음을 흘리며 고개를 가로저었다.

"천하제일인 본좌의 제자가 너무 약하기에 한심했을 뿐이다."

"참 칭찬에 인색하셔."

백현은 그렇게 투덜거리면서 가부좌를 틀고 앉았다. 그는 오늘 하루의 싸움을 복기하면서 파천신화공을 운용했다.

　일 년 전, 그의 단전에는 주먹만 한 내공이 뭉쳐 있었다. 그 후로 일 년이 흘렀고, 주한오에게 초식의 형을 배우면서 매일 매일 파천신화공을 운용했다.

　덕분에 그의 단전에는 꽤 많은 내공이 모여 있었다. 기가 풍부한 도원경과 파천신화공의 공능 덕분이었다.

　오늘 하루의 싸움이 그의 머릿속에서 느리게 재생되었다. 백현은 천천히 기를 호흡하면서 몇 번이고 자신이 두들겨 맞는 모습을 지켜보았다.

　"오래 걸리겠네요."

　운기행공과 명상이 끝나고, 눈을 뜬 백현은 그렇게 중얼거렸다. 열 살 주한오를 쓰러뜨리는 것에는 일주일이 걸렸다. 열다섯의 주한오를 쓰러뜨리는 것에는 그와는 비교도 할 수 없는 오랜 시간이 걸릴 것이다.

　"얼마나 걸릴 거라 생각하세요?"

　"삼 년."

　주한오는 백현이 운기행공을 하는 동안 쭉 그 곁을 지키고 있었다.

　삼 년. 백현은 작은 목소리로 중얼거렸다.

　"기네요."

도원경에 온 지 이제 일 년이다. 열다섯의 주한오를 쓰러뜨리기 위해서는 여태까지 도원경에서 보냈던 시간보다 더 긴 시간을 수행해야 한다.

"매일 싸워도 되는 거죠?"

"……할 수 있겠느냐?"

주한오가 눈살을 찌푸리며 물었다. 그 질문에 오히려 백현은 고개를 갸웃거렸다.

"왜요? 그러면 안 되나요?"

"안 될 것은 없지. 하지만…… 매일 열다섯의 본좌와 싸운다는 것은, 네가 매일 얻어맞는다는 것이다. 현이 너는 그것을 견딜 수 있겠느냐?"

"무슨 말을 하시나 했더니."

주한오의 말에 백현은 낄낄거리며 웃었다.

"맞는 거야 당연한 거죠. 싸워보기도 전에 알았어요. 아, 싸우면 내가 진짜 개처럼 처맞겠구나, 하는 거. 어떻게 알았는지 알아요?"

"어떻게 알았느냐?"

"아직 제가 너무 약해서요."

백현은 쩝- 하고 입맛을 다셨다.

"같은 천무성이라도 살았던 세계가 다르고, 겪었던 일이 다르니까요. 일 년 동안 스승님에게 많이 배우긴 했지만, 결국 싸우는 것은 바로 나죠."

"현아."

주한오가 조금의 침묵 뒤에 입을 열었다.

"본좌가 걱정하는 것은, 네가 패배에 익숙해지는 것이다."

"익숙해진다……."

백현은 턱을 어루만지며 주한오가 한 말을 되새겼다.

"익숙해지면 뭐 어때요?"

"……뭐라고?"

"내가 뭔 동네 똥개한테 처맞은 것도 아니잖아요. 방금 날 두들겨 팬 것은 열다섯 살 때의 스승님이었고, 언젠가 천하제 일이 될 사람인데. 그런 사람에게 패배하는 것은 당연한 것 아 니에요?"

의외의 대답에 주한오의 입이 살짝 벌어졌다.

"아니면 혹시 그런 생각 하세요? 내가 너무 맞다가, 더 이상 못 해 먹겠다고 때려치우겠다고 하는 거?"

"……그런 생각도 아주 없지는 않지."

"안 그래요."

백현은 고개를 흔들며 대답했다.

"절대 안 그래. 슬슬 배우는 것도 재밌어지는데, 내가 이걸 왜 때려치워요. 스승님이 처음에 말씀하셨죠, 네 인생을 바꿀 수 있다고. 사실 말이에요, 난 이제 와서는 그건 별 관심 없어요. 그냥 여기서 무공 배우고 수행하는 것이 재밌어요."

이십일 년. 길지 않은 평생이지만, 스스로가 남들보다 유별난 장점이 있다고 생각한 적은 없었다.

"재밌으니까 안 때려치우고 열심히 해야죠."

백현은 웃으며 말했다.

그리고 이 년 동안 매일, 열다섯 주한오에게 얻어맞았다.

3장
복숭아

"……아."

백현은 우두커니 서 있다가 그런 소리를 냈다.

그의 앞에는 열다섯의 주한오가 쓰러져 있었다. 이 년 동안 매일 그를 두들겨 팼던 열다섯의 주한오가.

승리는 별다른 감흥을 주지 않았다. 이미 몇 번이고 겪은 승리였기 때문이다. 이미 반년 전에 백현은 열다섯 주한오와 동수를 이루었고, 그 후 한 달이 지났을 때 주한오를 쓰러뜨릴 수 있었다. 승리에 대한 기쁨은 그때 충분히 느꼈다.

그 후로도 계속 주한오와 싸웠다. 보다 완벽하게 이기고 싶다는 욕심 때문이었다. 처음 열다섯 주한오와 싸웠을 때처럼, 압도적인 승리를 거두고 싶었다.

그리고 오늘. 열다섯 주한오의 공격은 백현의 옷깃 하나 스치지 못했다.

백현은 자신의 몸을 둘러싼 얇은 호신강기를 내려 보았다. 사실 이것은 아직 호신강기라고 할 수가 없었다.

아무리 파천신화공이 뛰어난 내공심법이고, 도원경이 기가 풍부한 곳이라고 하나. 강기의 형성에는 많은 내공이 필요하다. 무의 축복을 받은 자질인 천무성이라고 해도 내공이 쌓이는 속도는 어쩔 수가 없다.

"이제 만족하나?"

열다섯 주한오가 비틀거리며 몸을 일으켰다. 백현은 멍하니 그를 바라보다가, 떨떠름한 표정으로 머리를 끄덕거렸다.

"어…… 예에."

"빌어먹을, 표정이 왜 그따위야? 미래의 천하제일을 압도적으로 발라 버렸으면서."

"승리 자체야 반년 전에 했었으니……."

"……하! 지금의 나는 너에게 아무 감흥도 주지 못한단 거냐?"

열다섯 주한오가 짜증을 가득 담아 내뱉었다. 하지만 백현은 저 주한오가 진심으로 짜증을 내는 것이 아님을 잘 알고 있었다.

'저것'은 무신마 주한오가 도원경의 신비를 통해 과거의 자신을 투영해 낸 모습이다. 성격이 다르다고는 하나, 결국 열다섯 주한오는 무신마 주한오의 기억을 가지고 있다.

"……그래도 잘했다."

열다섯 주한오가 내뱉었다.

"이렇게 무참히 패배한 것이 짜증 나기는 하지만, 결국 너는 내 제자니까…… 잘했다. 삼 년은 걸릴 줄 알았는데 이 년…… 아니, 일 년 반인가."

"……감사합니다."

백현은 뒤늦게 꾸벅 머리를 숙였다. 그런 백현을 보며 쯧 혀를 찬 열다섯 주한오의 몸이 연기가 되어 사라졌다.

"이제 만족하였느냐?"

무신마 주한오가 다가오며 물었다. 백현은 그런 주한오를 우두커니 바라보다가 빙그레 웃었다.

"네."

"너는 언제나 본좌가 생각한 것보다 빠르게 성장하는구나."

주한오가 마주 웃으며 말했다. 열흘을 말했을 때는 일주일 안에 해냈다. 삼 년을 말했는데 일 년 반 만에 해냈다. 천무성의 자질과 파천신화공, 주한오의 가르침 때문이기도 했지만, 백현 스스로가 무공에 재미를 붙이고 매일같이 매진한 덕이었다.

"다음은 몇 살인가요?"

백현은 몸을 감싸고 있던 호신강기를 소멸시켰다. 파천신화공에 매진한 지 삼 년. 파천신화공의 경지는 이제 이성에 도달했다. 그 이후로 백현은 이런 식으로 기(氣)를 몸 바깥으로 내보낼 수 있게 되었다.

"그전에 네 내공부터 해결해야겠구나."

주한오가 고개를 저으며 말했다.

"내공이라뇨?"

"아무리 도원경이 기가 풍부한 곳이라지만, 네 내공이 쌓이는 속도가 너무 느리구나."

"그러면…… 그 뭐냐, 뭐더라…… 영약? 영약 맞죠? 그거 주시려는 거죠?"

백현은 오래전 보았던 무협지를 떠올리며 반색하며 외쳤다. 그 말에 주한오가 신기하다는 표정을 지었다.

"현이 너는 참 신기하구나. 중원에서 태어난 것도 아니고 무공도 없는 세계에서 살았으면서, 가끔 보면 중원에 대해 굉장히 박식한 듯해. 예전에는 구파일방에 대해서도 말했었고."

"무협지에 자주 나와요."

"본좌는 그게 참 이해가 안 된다. 무협지라니……."

주한오는 그렇게 중얼거리면서 뒷짐을 지고서 몸을 돌렸다.

"따라오거라."

"어디 가시게요?"

백현은 가슴이 두근거리는 것을 느끼며 주한오의 뒤를 따랐다. 도원경에 온 지도 벌써 삼 년이다.

그동안 백현은 이 저택의 부지 바깥으로 나가본 적이 없었다. 처음에는 그렇게 밖으로 나가고 싶었는데, 어느 순간부터는 무공 수행이 재밌어서 나가고 싶단 생각도 들지 않았다.

"영약을 구하러 간다."

"영약 같은 건 도원경의 신비로 못 만들어냅니까?"

"도원경의 신비가 만능인 것은 아니다."

"아니면 그런 건가? 왜, 무협지 보면 스승이 제자한테 내공을 전부 넘겨주고 그러던데……."

　그 말에 주한오가 어이가 없다는 표정으로 고개를 돌려 백현을 보았다.

"네게 본좌의 모든 내공을 넘기라고? 그러면 본좌는 대체 뭘 가지고 등선하라는 것이냐?"

"등선하는 데 내공이 필요합니까?"

"필요하지. 내공은 무인이 살아온 역사와 같은 것이다."

　아무래도 주한오는 절대로 백현에게 내공을 넘겨 주고 갈 생각이 없는 모양이었다.

　그런 대화를 나누는 중에, 주한오와 백현은 굳게 닫혀 있던 저택의 대문 앞에 서 있었다. 백현은 긴장하여 꿀꺽 침을 삼켰다.

"……저, 스승님."

"왜 그러느냐."

"이 저택 바깥에는 무엇이 있습니까?"

"곧 보게 될 텐데 굳이 물어보는 이유가 무엇이냐?"

"마음의 준비라도 좀 하게요."

주한오가 헛웃음을 터뜨렸다.

"현이 네가 이곳에 온 지도 벌써 삼 년이구나."

"삼 년 동안 밖에 나간 적은 한 번도 없습니다."

"나갈 필요가 없었기 때문이지."

주한오가 손을 뻗기도 전에 문이 저절로 열렸다. 주한오는 뒷짐을 지고서 천천히 문밖으로 걸어 나갔고, 백현은 꿀꺽 침을 삼키며 주한오의 뒤를 따라 나갔다.

"본좌가 도원경이 무엇이라 하였는지 기억하느냐."

"이승과 저승의 경계라 하셨습니다."

"그래. 이승과 저승의 경계…… 도원경은 이승과 저승 둘 중 어느 곳에서 속한 곳이 아니다. 산 자가 올 수 있는 곳도 아니고 죽은 자가 올 수 있는 곳도 아니다."

"그럼 대체 누가 오는 곳입니까?"

"본좌와 같은 이들이 머무르는 곳이다."

"스승님과 같은……"

"등선할 수 있으나 한 가닥 미련이 남은 이들."

주한오가 중얼거렸다. 백현은 회색 하늘 아래에 펼쳐진 도원경의 풍경을 보았다. 언제나 보던 저택의 정원과 담벼락 너머에 있던 풍경이다. 산은 없었고 멀지 않은 곳에 하나의 저택이 보였다.

"그럼, 저곳에도 스승님처럼 등선을 목전에 둔 인물이 삽니까?"

"그렇지."

"누구입니까?"

"설화봉(雪火鳳) 유운려다."

별호만 들어도 한 가닥 할 것 같았다.

"스승님은 그녀와 만난 적이 있으십니까?"

"있다."

"그녀는 무슨 미련으로 이곳에 남아 있는 겁니까?"

"현이 너는 궁금한 것이 많구나."

"삼 년 동안 스승님이랑만 얘기하다 보니까 그래요."

"본좌가 말동무로 부족했다는 것이냐?"

주한오가 피식 웃으며 물었다. 그 말에 백현은 너털웃음을 터뜨리며 고개를 저었다.

"그럴 리가요. 스승님이랑 대화하는 것은 즐겁습니다. 이런 말은 좀 이상하게 들리실지도 모르겠는데, 스승님은 꼭 저희 부모님 같아요. 사실 부모님은 워낙 옛날에 돌아가셔서 기억도 거의 안 나지만."

그 말에 주한오의 걸음이 멈추었다. 그는 잠시 우두커니 서 있다가, 백현을 힐긋 돌아보았다.

"왜 그렇게 느끼는 것이냐?"

"가끔 엄하기는 해도, 스승님은 저에게 많은 것을 가르쳐 주시 잖아요. 그리고 결국에는 제가 할 수 있을 것이라 믿고 계시고."

"그건 네가 본좌와 같은 천무성을 타고났기 때문이다."

"저도 알아요. 하지만, 저는 제가 살던 세계에서 이런 식으로나마 기대를 받았던 적이 한 번도 없어요."

그 말에 주한오는 아무런 말도 하지 않았다. 잠깐 백현의 얼굴을 물끄러미 보던 주한오가, 다시 몸을 돌려 앞으로 걸었다. 그런 주한오의 뒤를 따르다가, 백현은 문득 궁금증이 일어 질문했다.

"스승님이 저를 데리고 오기 위해 치른 대가는 무엇입니까?"

"이무기의 부탁을 하나 들어주었지. 타 차원에 있는 너를 불러오는 것은 본좌가 할 수 없는 일이었으니 말이다. 등선을 목전에 두었다고는 하나 본좌는 술법 같은 것에는 앎이 부족했다."

주한오가 대수롭지 않다는 표정을 지으며 대답했다.

"신선……."

백현은 그 단어를 중얼거리다가 질문했다.

"신선이 신입니까?"

"본좌는 신이 되기 전의 인간이 도달하는 경지라 생각한다."

주한오는 그렇게 말하며 백현을 힐긋 돌아보았다.

"무슨 말인지 알겠느냐?"

"……잘 모르겠습니다만."

"파천신화공을 익히면 신이 될 수 있다고 했지만, 본좌는 신이 되지 못하고 신선이 되는 것에 그쳤다는 말이지."

백현은 무슨 대답을 해야 할지 알 수가 없었다. 그는 살짝 벌린 입술을 다물고서 주한오를 바라보았다.

사실 지금의 백현에게 신이나 신선이나 하는 이야기는 너무 먼 이야기였다. 지금의 그는 내공이 부족해 아직 강기조차 제대로 형성하지 못하고 있었다.

"……그게 무슨 말입니까?"

"지금의 현이 너에게는 너무 이른 말이로구나."

주한오는 그렇게 중얼거리며 저쪽에 보이는 저택을 손으로 가리켰다.

"설화봉 유운려는 저곳에 살고 있다. 그녀의 미련은 본좌와 똑같다."

"제자?"

"그렇다. 그녀의 독문무공인 백설염화천무(白雪炎火天武)는 음과 양, 서로 상반된 두 가지의 기를 품은 음양화신(陰陽化身)을 타고나지 않은 이상 익히는 것이 불가능하다. 그녀가 살았던 무림은 본좌가 살았던 무림과 달랐지만, 그곳에는 그녀 외에 음양화신이 없었다지. 본좌가 살았던 무림에도 마찬가지였다."

"그녀는 제자를 구했습니까?"

"설화봉 유운려는 일 년 전에 열일곱 살의 제자를 구했습니다. 음양화신은 전 차원에서도 흔하지 않아서, 찾느라 고생했지요."

백현의 질문에 대답해 준 것은 주한오가 아니었다. 소리가 난 곳으로 머리를 돌리니, 자그마한 소녀가 공중에 떠서 방긋 웃고 있었다.

"여휘."

주한오가 미간을 찡그리며 중얼거렸다.

"누구……?"

"본좌가 너를 부르는 것에 도움을 받았던 이무기다."

이무기, 라고 하지만 여휘에게 이무기다운 위엄이나 기품은 조금도 느껴지지 않았다.

"좋아 보이는군요, 무신마. 제자의 성취는 어떻습니까?"

"삼 년이 지났는데 고작 2성에 도달했다."

"그 정도면 충분히 빠른 성취가 아닐까요?"

"무슨 일로 왔나?"

주한오는 여휘가 그다지 마음에 들지 않는 모양이었다. 그 말에 여휘가 키득키득 웃었다.

"설마, 제가 지난번에 악룡(惡龍)을 죽여 달라고 한 것을 아직 마음에 두고 계시는 건가요?"

"그 악룡을 죽이기 위해 굉장한 수고를 들였으니까."

주한오가 짜증스러운 목소리로 대답했다.

"저 역시 당신의 제자를 찾기 위해 수고를 들인 것은 똑같아요. 음양화신과 마찬가지로, 천무성을 타고난 자는 전 차원에서도 희귀하단 말입니다."

"무슨 일로 왔느냐고 물었다."

"어디로 가는 겁니까?"

주한오가 다시 묻자, 여휘가 배시시 웃으며 질문했다.

"선도(仙桃)를 하나 구하러 간다."

그 말에 여휘의 얼굴에서 웃음이 엷어졌다.

"……무신마. 선도가 뭔지는 알고 말하는 겁니까?"

"도원경의 복숭아나무에서 자라는 복숭아지."

"흔해 빠진 복숭아가 아니라는 것은 당신도 알지 않습니까."

"알지. 먹으면 일백 년 분의 내공을 얻는 복숭아 아닌가."

듣고 있던 백현의 입이 쩍 벌어졌다. 하지만 여휘도 주한오도 백현을 신경 쓰지 않았다.

"무신마. 선도는 당신에게 허락되어 있지 않습니다."

"그렇다면 허락을 구하도록 하지."

"……하아. 그렇게 서두르는 이유가 뭡니까? 시간제한 따위는 없습니다. 애당초 계약은 당신의 제자의 무공 성취가 파천신화공 오성에 도달하는 것 아닙니까? 내공이야 시간이 지나면……."

"본좌가 초조함에 서두른다고 생각하나?"

"아닙니까?"

"그런 것이 아니다. 제자가 매일 노력하고 있는데, 스승 된 자로서 아무것도 해주지 않는 것이 부끄러워서지."

주한오가 피식 웃으며 대답했다.

"허락을 구하기 위해서 무엇을 해야 하나?"

"……."

여휘로서도 주한오의 대답은 의외였다. 여휘가 아는 주한오는 광오하고 자기 자신밖에 모르는 위인이었다. 잠깐의 침묵 끝에, 여휘는 한숨을 내쉬며 말했다.

"……마침 잘 되었군요. 삼도천 너머에서 악귀들이 준동하고 있습니다. 그들을 정리해 준다고 약속한다면 선도를 드리지요."

"약속하지."

주한오는 고민도 없이 대답했다. 그 흔쾌한 대답에 여휘도 놀라고 백현도 놀랐다.

"……자세히 묻지 않으십니까?"

"물을 필요가 있나?"

"악귀들은 끈질기고 강력합니다. 모두가 살아 있을 적에 강자였고, 죽은 뒤에는 악귀로 변해 더한 힘을……."

"그들이 악룡보다 강한가?"

주한오의 대꾸에 여휘의 말문이 막혔다. 악귀 무리가 강한 것은 사실이지만 악룡보다 강한 것은 아니다.

그제야 여휘는 자신이 괜한 걱정을 하였다는 것을 깨닫고 피식 웃었다.

"조만간 데리러 가겠습니다."

"이만 가도 되겠지?"

"예."

그렇게 대답하고서, 여휘의 모습이 사라졌다. 여휘가 사라지자 주한오는 다시 뒷짐을 지고 걷기 시작했다.

백현은 우두커니 서서 앞서가는 주한오의 등을 보다가, 부리나케 그의 뒤로 따라붙었다.

"자, 잠깐. 스승님!"

"왜 그러느냐?"

"아니, 왜 저한테 상의도 안 하고 대뜸 일하겠다고 그러세요?"

"본좌가 현이 너에게 상의를 구해야 하는 것이냐?"

주한오가 백현을 흘겨보았다. 그렇게 말하니 사실 할 말이 없었지만, 백현은 물러서지 않고서 대답했다.

"방금 그, 여휘? 그 꼬마가 한 말이 맞잖아요. 서두를 이유가 뭐가 있어요? 내공이야 시간이 지나면 쌓이는 것인데……!"

"시간이 지나면 쌓이는 것이긴 하지. 하지만 빨리 쌓을 수 있는 방법이 가까운 곳에 있는데, 굳이 시간을 들일 필요가 있느냐?"

"그렇지만……."

"파천신화공이 아무리 뛰어난 무공이라고 해도, 내공이 부족하면 제대로 펼칠 수가 없다. 선도를 먹으면 너는 단번에 일백 년의 내공을 얻게 될 것이고, 파천신화공도 빠른 진전을 거둘 수 있을 것이다."

"하지만…… 거 뭐냐. 천천히 내공과 경험을 쌓는 것도……."

"지금의 너는 충분한 경험을 쌓았다."

주한오가 고개를 흔들며 대답했다.

"이후부터는 내공이 필요해진다. 지금 네 내공으로서는 앞으로의 경험을 쌓을 수가 없다. 그러니 선도가 필요한 것이지."

"……끙……."

주한오가 그렇게까지 말하니 백현은 더 이상 뭐라고 말할 수가 없었다. 내공의 부족함은 백현도 어느 정도는 느끼고 있었다.

열다섯 살의 주한오와 싸울 때도, 내공만 충분했더라면 훨씬 빠르게 압도적인 승리를 거둘 수 있었을 것이다. 내공이 부족하다 보니 강기도 형성하지 못하고, 간신히 바깥으로 형성한 기를 일 점에 모아 때리는 식으로 싸울 수밖에 없었다.

"……삼도천은 또 뭡니까?"

"죽은 이들이 건너는 강이지."

"강을 왜 건넙니까?"

"그 너머에 명계가 있기 때문이다. 모든 존재는 죽어서 가장

1

먼저 유계(幽界)에 가고, 그곳에서 삼도천으로 향한다. 하지만 간혹, 자신의 죽음을 받아들이지 못한 이들이 타락하여 악귀가 되어버리지. 악귀를 정리하는 것은 저승사자들이 하는 일인데, 여휘가 저승사자들을 대신해 공적을 세우고 싶어 하는 모양이구나."

"그렇습니까?"

"여휘는 이무기다. 이무기가 용이 되기 위해서는 많은 일을 해야 하지. 본좌가 해치운 악룡 역시 여휘의 공적이 되었을 것이다. 이번 일도 마찬가지겠지. 뭐, 본좌와는 상관없는 일이다. 여휘가 본좌를 통해 원하는 것을 이루듯, 본좌도 여휘를 통해 원하는 것을 이루었으니."

도원경의 풍경은 별로 볼 것이 없었다. 칙칙한 회색 하늘과 마찬가지로 주변은 삭막했다. 간간이 꽃이 보이기는 했으나 색이 화려하지 않은 들꽃이었다. 삼 년 만에 저택 밖으로 외출하는 것에 내심 기대했는데, 의외로 심심한 풍경에 백현은 쩝- 하고 입맛을 다셨다.

"도착했다."

주한오의 걸음이 멈추었다.

그들이 도착한 곳은 자그마한 동산이었다. 그곳에는 이파리 하나 없는 앙상한 나무 한 그루가 서 있었다.

"복숭아는 없는데요."

"아무나 따갈 수 없기 때문이다."

주한오는 그렇게 말하면서 나무를 향해 다가갔다. 그러자 나무가 바들거리며 몸을 떨었다. 가시처럼 길고 가느다란 나뭇가지 중 하나가 길쭉하게 뻗어 주한오에게 다가왔다. 그리고 가지 끝에서 연분홍색의 복숭아 하나가 솟아올랐다.

"우와."

백현은 그것을 보며 놀란 소리를 냈다. 그런 백현과 달리 주한오는 당황하지 않고 복숭아를 땄다.

"선도는 하나밖에 먹을 수 없다."

"두 개는 못 먹습니까?"

"인간이 선도를 두 개 먹으면 죽게 된다."

주한오는 그렇게 말하며 백현에게 선도를 던졌다. 그 섬뜩한 말에 백현은 꿀꺽 침을 삼키며 선도를 받았다. 먹으면 일백 년의 내공을 얻게 해주는 선계의 복숭아. 하지만 두 개를 먹으면 죽게 된다.

"왜 그런 지랄 맞은 설정이 붙어 있는 겁니까?"

"애당초 선도는 인간을 위한 것이 아니라 신선을 위한 것이기 때문이다."

주한오가 재촉했다.

"먹지 않고 무엇 하느냐?"

백현은 잠깐 망설이다가, 크게 입을 벌려 선도를 한입 베어 물었다.

입안에서 상큼한 단맛이 가득 퍼졌다. 삼 년 만의 식사에 백현의 눈이 휘둥그레 떠졌다. 그는 입안에 들어온 선도의 과육을 급히 씹어 삼키고, 남은 선도를 게걸스레 먹어치웠다.

"마…… 맛있네요."

"운기행공을 하도록 해라."

하나 더 먹고 싶다는 생각이 들었지만, 먹으면 죽는다니 먹고 싶어도 먹을 수가 없었다.

백현은 아쉬움을 접어두고서 자리에 앉아 파천신화공을 운용했다. 고작 복숭아 하나 주워 먹었을 뿐인데, 단전에서 어마어마한 내공이 느껴졌다. 보통 영약을 먹으면 운기행공을 통해 단전으로 인도해야 하지만, 선도를 먹어 얻은 내공은 인도할 것도 없이 이미 단전에 있었다.

"……운기행공 안 해도 되겠는데요?"

"본좌도 안다."

"그런데 왜 시키셨습니까?"

"확인해 보라고 시켰다."

주한오의 말에 백현은 풋- 하고 웃어버렸다.

"감사합니다."

그 말에 주한오가 흐뭇한 미소를 지었다.

여휘는 그날 저택을 찾아왔다. 주한오는 기다렸다는 듯이 여휘를 맞이했고, 백현에게 수행을 하고 있으라는 말을 남기고서 여휘와 함께 저택을 나갔다.

"이건 또 색다른 경험이네."

도원경. 이 저택에서 삼 년을 살면서 혼자였던 적은 처음이다. 벌써부터 고독함을 느끼지는 않았지만, 언제나 주변에 있던 주한오가 없다는 것이 조금은 쓸쓸했다.

'설마 위험한 일이 생기지는 않겠지. 암, 스승님이 어떤 사람인데.'

백현이 아는 주한오는 무적이었다. 삼도천 너머의 악귀 무리가 아무리 강하다고 해도, 주한오를 어쩌지는 못할 것이다.

백현은 정원 중앙에 서서 파천신화공을 운용하기 시작했다. 새카만 빛이 백현의 몸을 뒤덮었다. 예전에는 내공이 부족해 펼치지 못했던 강기가, 지금은 당연하다는 듯이 백현의 몸을 감싸고 있었다.

백현은 기분 좋은 안락함을 느끼면서 오른손을 들어 올렸다. 몸을 뒤덮은 강기가 오른손을 중심으로 응축되었다.

그러다가.

시선을 느꼈다. 백현은 흠칫 놀라 머리를 돌렸다.

담벼락 위에 두 명의 여자가 서 있었다. 여휘도, 주한오도 아니었다. 백현을 긴장하게 한 것은 두 명 중 키가 큰 여자였다. 그녀는 종아리까지 내려올 정도로 긴 백발에 병든 것처럼 피부가 창백했다. 하지만 두 눈은 피처럼 붉고 강렬했다.

"무신마는 없나요?"

여자가 얇은 입술을 열어 물었다. 백현은 그 질문에 곧바로 대답하지 못했다. 여자의 강렬한 시선에 뱀 앞의 개구리처럼 위압되어 버린 탓이었다.

여자는 먼저 질문한 주제에 백현의 침묵을 당연하게 받아들였다. 그녀는 백현 등 뒤의 저택을 바라보면서 중얼거렸다.

"없는 모양이군요."

설화봉 유운려.

백현은 그녀가 누구인지 짐작했다. 이곳 도원경에서 주한오 외에 살고 있는 것은 설화봉 유운려뿐이다. 그렇다면 유운려의 옆에 있는 것이, 그녀가 일 년 전에 거두었다는 제자인가?

백현은 간신히 눈을 돌려 유운려의 제자를 보았다. 그녀는 유운려보다 키가 작기는 했지만, 마찬가지로 여자치고는 큰 키였다. 그리고 유운려처럼 백발에 창백한 피부, 붉은 눈동자를 가지고 있었다.

'음양화신의 특징인가? 아니면 백설염화천무의 특징?'

"무엇을 그리 살피시나요?"

유운려가 고개를 갸웃거리며 물었다. 그녀는 담벼락 위에서 훌쩍 뛰어 백현의 앞에 내려섰다. 백현은 흠칫 놀라 뒷걸음질을 치려 했으나, 그가 움직이는 것보다 유운려가 손을 뻗어 백현의 손목을 잡는 것이 빨랐다.

"실례."

유운려가 두 눈을 가늘게 떴다.

찌릿!

손목에서 아릿한 통증이 느껴졌다. 유운려의 내공이 백현의 기혈을 타고 들어와 몸 안을 훑었다.

"무신마가 제자를 거둔 지 3년이라 했었지요. 제법 잘 가르쳤군요. 내공…… 흠. 그렇군요. 선도를 먹인 모양이에요."

"자…… 잠깐, 갑자기 왜 그러……."

"아, 내가 너무 무례했군요."

유운려는 그렇게 말하고서는 백현의 손목을 놓았다. 백현은 인상을 쓰면서 몇 걸음 뒤로 물러섰다. 유운려는 그런 백현에게 살짝 머리를 숙였다.

"미안해요. 나도 모르게 흥미가 동해서……."

"……아니, 괜찮습니다. 좀 아팠지만요."

"무신마는 어디에 갔나요?"

유운려가 물었다. 그러는 중에 담벼락 위에 있던 유운려의 제자가 훌쩍 뛰어 그녀의 곁에 섰다.

"스승님은 외출하셨습니다."

"아…… 그렇군요."

유운려가 안타깝다는 듯이 중얼거렸다. 그러자, 유운려의 곁에 있던 제자가 불쑥 입을 열었다.

"스승님. 무신마가 있건 없건 상관없잖아요."

"하지만…… 사라. 기왕이면 다음에 다시 와서 무신마의 동의를 구하는 것이……."

"무신마가 싸우는 것도 아니잖아요."

설화봉 유운려의 제자, 사라 프로스트가 백현을 힐긋 보았다.

"야."

"……야?"

여휘에게 듣기를, 설화봉 유운려의 제자는 이제 열일곱 살이라고 했다.

"한판 붙자."

사라가 내뱉는 말에 백현은 허허 웃었다.

"갑자기 찾아와서 뭐라는 거야?"

"한판 붙자고."

백현은 노골적으로 귀찮은 티를 냈지만, 사라는 물러서지 않았다. 그런 제자를 보며 유운려는 한숨을 푹 내쉬며 고개를 절레절레 흔들었다.

유운려는 제자의 무례함이 신경 쓰였지만, 그렇다고 제자의 고집을 꺾을 만큼 강단 있는 위인이 아니었다.

"왜 싸우자는 거야?"

"스승님께서 말씀하시기를, 백설염화천무를 극성까지 익히면 무적자가 될 수 있다고 하셨다. 하지만 무신마의 파천신화공도 백설염화천무와 비견될 무적자의 무공이라 하셨지."

사라는 그렇게 말하면서 손을 들어 백현을 가리켰다.

"무적자의 무공을 이은 너와 나. 둘 중 누가 더 무적자에 적합한 인물인지 겨루어보자!"

"……허 참."

그 저돌적인 말과 태도에 어이가 없기는 했지만, 사라가 하는 말에 순순하게 흥미가 이는 것은 사실이었다.

여태까지 백현의 싸움 상대는 어린 시절의 주한오뿐이었고, 다른 이들과 싸워본 경험은 없었다.

하물며 지금의 백현은 선도를 먹어 일백 년에 달하는 내공까지 얻은 상태다. 지금의 자신이 과연 얼마나 강한지 시험해 보고 싶은 마음은 굴뚝같았다.

"패도 됩니까?"

백현은 유운려를 힐긋 보며 물었다.

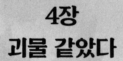

4장
괴물 같았다

백현은 유운려를 힐긋 보며 물었다. 그 말에 유운려가 두 눈을 동그랗게 뜨고서 깜빡거렸다. 잠시 백현을 지그시 보던 유운려가, 살짝 머리를 끄덕거렸다.

"저는 신경 쓰지 않아도 괜찮습니다."

"자신감은 좋구나!"

사라가 비릿한 미소를 지으며 내뱉었다.

'네가 할 말은 아니지.'

백현은 그렇게 생각하면서 발끝을 세우고 폴짝거리며 몇 걸음 뒤로 물러섰다.

양팔을 편하게 늘어뜨린 백현과는 다르게, 사라는 그럴듯한 권법의 기수식을 취했다. 일렁거리는 호신강기가 그녀의 몸을 휘감았다.

그것을 보며 백현은 내심 크게 놀랐다. 사라가 유운려의 제자가 된 지 일 년이라 했다. 그런데도 그녀는 호신강기를 자유자재로 펼쳤고, 그 수준은 열다섯 주한오와 비교해 조금 뒤처지는 정도에 지나지 않았다.

"쫄았냐?"

사라가 놀란 표정의 백현을 보면서 으스대며 물었다. 백현은 그 말에 대답하지 않았다.

사라는 백현의 침묵을 긍정으로 받아들이며 내심 우월감을 느꼈다. 그녀의 오른손에는 뜨거운 극양의 기운이, 그리고 왼손에는 차가운 극음의 기운이 뭉쳤다.

사라가 땅을 박차고 달려들었다. 속도 또한 이제 일 년 무공을 배웠다고 생각할 수 없을 정도로 빨랐다. 하지만 백현은 사라의 속도를 놓치지 않았다.

조금 놀라기는 했지만, 사라의 속도는 당황할 정도는 아니었다. 그가 이 년 동안 싸웠던 열다섯 살 주한오가 사라보다 더 빨랐다.

그리고 가장 큰 차이는 이것이었다.

사라는 열다섯 주한오보다 약했다. 비무는 일방적이었고, 이십 초 만에 결판이 났다. 당연한 결과였다. 사라는 그 예쁜 얼굴 한복판이 찌그러져 땅 위에 널브러졌고, 백현은 시큰둥한 표정을 지으며 그런 사라를 내려 보았다.

멀찍이 선 유운려는 그런 결과를 예상했다는 듯이 절레절레 고개를 저었다.

"……이거 참…… 뭐라 해야 할지……."

백현은 아픈 신음을 흘리는 사라를 내려다보면서 작은 목소리로 중얼거렸다.

사라의 백설염화천무는 상대하기 까다로운 능력이었다. 극음의 기운과 극양의 기운을 마음대로 다루는 데다가, 백현 본인이 그런 종류의 무공을 상대해 본 적이 없어서 더 그랬다.

하지만 정작 사라의 무공 숙련도가 너무 미숙했다. 백현은 사라가 욕설을 내뱉으며 몸을 일으키는 것을 보며 쩝- 하고 입맛을 다셨다.

"너. 약하면서 왜 덤빈 거냐?"

"약하지 않아!"

사라가 빽- 하고 고함을 질렀다. 사실 객관적으로 보면 사라가 약한 것은 아니었다. 그녀는 무공에 입문한 지 이제 일 년이다. 저 시절의 백현은 강기는커녕 권기와 기막조차 제대로 형성하지 못했었다.

'아니, 그래도 싸움 자체는 그때의 내가 더 잘했던 것 같은데?'

"한 번 더 해!"

사라가 고함을 질렀다. 그 이후로 다섯 번을 더 싸웠고, 결과는 변하지 않았다. 오히려 백현이 사라의 공격에 익숙해져서, 다섯 번째 비무에서는 사라를 쓰러뜨리는 것에 5초면 충분했다.

추하게 널브러진 사라는 간신히 머리를 들더니, 분기가 가득 찬 눈으로 백현을 노려보았다. 그러다가 홱 하고 머리를 돌려 스승인 유운려를 보았다.

"당대의 무적자가 될 수 있다고 하셨잖아요……!"

"사라의 성취가 부족하기 때문입니다."

유운려가 시무룩한 목소리로 대답했다. 하나뿐인 제자가 엉망으로 두들겨 맞는 것을 보니 기분이 울적해진 모양이었다.

"……이건 또 무슨 소동인가?"

그리고 주한오가 돌아왔다. 삼도천 너머의 악귀들을 정리하러 가겠다고 여휘와 함께 나가고서 몇 시간이 채 지나지 않았는데, 그사이에 준동하는 악귀들을 모조리 정리하고 돌아온 것이다.

주한오는 열린 대문으로 들어오며 의아한 표정을 지었다. 유운려는 걸어 들어오는 주한오에게 반색하며 고개를 돌렸다.

"오랜만입니다, 무신마. 강녕하셨습니까?"

"설화봉. 기별도 없이 무슨 일이오?"

"그게…… 내 제자가 당신의 제자와 꼭 겨루어보고 싶다 고집을 부려서요."

유운려의 말에 주한오가 두 눈을 끔벅거렸다. 주한오의 눈이 서 있는 백현과 아직 바닥에 널브러져 있는 사라에게 향했다.

[이겼느냐?]

백현의 머릿속에 주한오의 전음이 들려왔다.

[보고도 모르십니까? 다섯 번 싸워서 다섯 번 다 이겼습니다. 마지막은 쓰러뜨리는데 5초도 안 걸렸어요.]

그 말에 주한오의 입꼬리가 살짝 씰룩거렸다. 설화봉의 앞이라 크게 내색하지는 못했지만, 백현이 설화봉의 제자를 압도적으로 꺾었다는 것에 기분이 좋은 것이다.

"……흠. 그렇군. 본좌는 아무렇지도 않으니 너무 신경 쓰지 마시오."

"어디에 다녀온 겁니까?"

"제자에게 선도를 먹이는 조건으로 삼도천 너머의 악귀를 정리해 주기로 약속했었소. 지금 막 그들을 정리하고 오는 길이오."

"아, 그렇군요."

유운려가 머리를 끄덕거렸다.

"그럼 저희는 이만 돌아가 보도록 하겠습니다."

"잠깐…… 스승님, 저는 아직……."

"이쯤 해두세요, 사라. 지금 당신의 성취로는 그를 절대로 이길 수가 없습니다."

유운려가 고개를 저으며 말했다.

그 말에 사라가 아랫입술을 잘근 씹으며 백현을 노려보았다. 비틀거리며 일어선 사라는 여전히 백현을 노려보며 외쳤다.

"다음에 다시 해!"

"그러시던가."

백현은 콧방귀를 뀌며 대답했다. 그런 백현의 태도에 사라는 까득 이를 갈다가, 유운려와 함께 정원을 떠났다. 백현은 떠나가는 둘의 등을 보다가 주한오에게 물었다.

"생각보다 빨리 오셨네요."

"오래 걸릴 일이 아니었다."

"그럼 떠나기 전에 그렇다고 말이라도 해주고 가시지."

"설화봉의 제자는 어떻더냐?"

주한오가 다가오며 물었다. 백현은 사라와의 비무를 떠올리면서 느꼈던 점들을 주한오에게 알려 주었다.

가만히 이야기를 듣고 있던 주한오가 입을 열었다.

"일 년 만에 호신강기라…… 그것은 음양화신의 특징이다. 그 체질은 태어났을 때부터 극음과 극양의 기운을 동시에 품고 있고, 따로 내공수행을 하지 않아도 타고난 기운을 통해 큰 힘을 체내에 지니고 있다. 그것을 백설염화천무를 통해 강기로 제련해 낸 것이다."

"왜 저한테는 그런 것이 없습니까?"

"……현이 너는 욕심도 많구나. 무에 대한 자질 자체는 천무성이 음양화신보다 훨씬 뛰어나다. 물론 천무성이라고 해도 극음기와 극양기를 동시에 품을 수는 없지만 말이다."

주한오는 그렇게 중얼거리면서 백현의 어깨를 두드렸다.

"어찌 되었든, 잘했다. 직접 보면 좋았을 텐데, 설화봉의 제자를 그리도 쉽게 쓰러뜨렸다니. 선도를 먹인 값은 하는구나."

주한오가 흐뭇한 미소를 짓는 것을 보니 백현도 기분이 좋아졌다.

하지만.

사라를 압도적으로 쓰러뜨려 얻은 자신감은, 그다음 날에 산산조각이 났다.

서른의 주한오가 고요하게 가라앉은 눈으로 백현을 응시했다.

"괴성(怪星) 주한오라고 한다."

"괴성……?"

"저 시절의 본좌는 아직 무신마라고 불리지 않았다."

멀찍이 서 있던 무신마 주한오가 대답했다.

"열다섯의 본좌를 상상해서는 아니 될 것이다. 저 시절의 본좌는…… 스스로 말하기에 뭣한 말이지만, 본좌의 생에서 첫 번째 전성기라 해도 좋았을 때이니."

그 말대로였다. 서른 살. 그럴듯한 사문 하나 없는 주한오는, 스스로 창안한 무공으로 무림을 휩쓸었다. 걸어온 싸움을 피하지 않았고 오로지 강자를 찾아 무림을 헤매었다. 정과 사를 구분하지 않고, 자기 자신이 구분한 의와 협에 따라 행동했다.

결국에 그는 서른의 나이에 천하 이십 대 고수의 자리에 올랐고, 괴성이라는 별호가 붙었다.

패배는 당연했다.

선도를 먹어 백 년의 내공을 얻었다. 결국, 천하제일인이 된 무신마 주한오가 모든 심득을 담아 만든 파천신화공을 이성까지 익혔다. 그렇다고 해도 백현은 괴성보다 약했다.

처음의 패배는 삼 초 만에 결정되었다. 몇 날 며칠을 쉬지 않고 싸웠다. 당연한 패배를 몇십, 몇백 번 연거푸 겪었다.

"아직 부족한가."

부족한 것은 내공이 아니다. 부족한 것은 백현 자기 자신이었다. 주한오가 중얼거렸고, 백현은 널브러진 채 그것을 인정했다.

열 살의 주한오와 싸웠을 때는 일주일을 매진했다. 열다섯의 주한오와 싸웠을 때는 이 년을 매진하니 극복할 수 있었다. 하지만 괴성 주한오는 도저히 답이 보이지 않았다. 싸우는 것은 즐겁고 무공을 익히는 것이 즐겁다. 하지만 괴성은 지금의 백현에게는 절대로 넘을 수 없는 벽이었다.

더 많은 경험이 필요했다.

도원경의 신비는 과거의 주한오만 비춰주지 않았다. 주한오의 기억 속에 존재하는 인물들이 백현의 상대로 나타났다.

백현은 많은 이들과 싸웠다. 무당의 고수와도 싸웠고 소림의 고수와도 싸웠다. 마교의 고수와도 싸워보았다. 오래전 은거한 기인과도 싸웠고 살수들과도 싸웠다. 암기에 익숙해졌고 독에 익숙해졌다. 온갖 병기를 상대하는 것에 익숙해졌다.

몸을 녹이고 태우는 독은 끔찍하게 아팠다. 때리고 으깨는 주먹과 발길질이 아니라, 베고 찌르는 날붙이가 전해주는 시린 통증에도 익숙해지지 않았다.

간간이 사라와 유운려가 찾아왔다. 사라는 매번 백현에게 비무를 신청했고, 매번 패배했다. 그럴 때마다 항상 분해하면서 돌아가고, 며칠 뒤에 다시 비무를 신청했다.

매일의 흐름은 똑같으면서 달랐다. 똑같이 싸웠지만 느끼는 바가 달랐다. 똑같이 승리했고 똑같이 패배했다. 똑같은 승리여도 다른 무언가를 느꼈고 똑같은 패배여도 다른 무언가를 느꼈다. 승리에 익숙해지지 않았고 패배에 익숙해지지 않았다.

주한오의 걱정은 기우였다. 백현은 거듭된 패배에 절망하지 않았다.

독종. 주한오는 예전에 백현에게 느꼈던 것이 설불렀음을 인정할 수밖에 없었다. 백현은 독종이 아니었다.

그는…… 뭐라고 해야 할지. 이런 말은 제자에게 그리 하고 싶지 않은 말이지만, 괴상했다. 주한오로서도 이해가 가지 않았다. 천무성은 무의 축복을 받아 무의 자질을 타고난다.

하지만 그렇다고 해서 무에 대한 광적인 갈망마저 타고나는 것은 아니다.

하지만 백현은 그런 갈망을 가지고 있었다.

선천적으로? 아니면 후천적인가. 뒤늦게 개화한 재능…… 아니, 뒤늦게 깨달은 재능에 스스로 취한 것일까.

평생 무의 길을 걸어온 주한오조차도, 쉬지 않고 무를 수행하는 백현을 보고 있노라면 내심 감탄할 수밖에 없었다.

백현은 마치 무(武)를 위해 태어난 괴물 같았다. 백현에게는 강렬한 투쟁심 같은 것은 없다.

그는 무조건적인 승리를 추구하지 않는다. 패배에 절망하지도 않는다. 승리 자체를 무덤덤하게 여기는 것도 아니다. 승리의 때에는 기뻐한다. 연속된 패배에는 화를 낸다. 고통에 익숙해하지도 않는다. 아픔은, 그에게 있어서 언제나 아픔이었다.

백현은 그 모든 것을 즐겼다. 무(武) 그 자체를 즐겼다. 주한오는 자신의 제자가 먼 훗날 어떤 괴물이 될지 가늠조차 할 수 없었다.

"몇 년이나 흘렀습니까?"

밤이 없는 도원경에서는 시간의 흐름을 파악하는 것이 어렵다. 백현은 문득 궁금증이 일어 주한오에게 질문했다.

"십 년 정도 흘렀구나."

"제가 도원경에 온 지 십 년이요?"

백현의 말에 주한오가 머리를 끄덕거렸다. 백현은 놀란 표정을 지으며 두 눈을 끔벅거렸다.

"오래 걸렸네요."

괴성 주한오를 쓰러뜨렸을 때.

백현의 파천신화공은 3성에 도달했다.

"네가 살던 세계는 어떤 곳이냐?"

바닥에 엎어져 있던 사라가 머리를 들며 물었다. 조금 떨어진 곳에 주저앉아 있던 백현은 갑작스러운 질문에 두 눈을 동그랗게 떴다.

"뜬금없는 것을 묻네."

"널 꽤 오래 봤는데, 나는 네 이름이 백현이라는 것과 네 나이. 천무성을 타고 나서 무신마의 제자로 이곳에 불려왔다는 것밖에 몰라."

사라는 그렇게 내뱉으며 몸을 일으켰다. 그녀는 코에 범벅이 된 피를 손등으로 문질러 닦으면서 백현을 쳐다보았다.

"그 정도면 충분히 아는 것 아니야?"

"사람이 정이 없네, 정이 없어. 너랑 나랑 이렇게 알고 지낸 지도 벌써 십 년이 넘었어."

백현이 도원경에 온 지도 어느덧 이십 년이 넘었다. 첫 만남 이후로 사라는 일주일에 한 번꼴로 찾아와 비무를 청했고, 여태까지 한 번도 백현에게 승리를 거두지 못했다.

그렇다고 사라가 성장하지 않는 것은 아니었다. 단지 백현의 성취가 사라보다 앞서 있는 것뿐이었다.

"그건 그래."

백현은 그렇게 중얼거리며 도원경의 회색 하늘을 올려 보았다. 이십 년. 본래 그의 나이가 스물하나였으니, 바깥에서 지난 시간에 버금가는 세월을 도원경에서 보낸 것이다.

그런 것치고는 시간이 많이 흘렀다는 것이 잘 체감되지 않았다. 매일매일은 거의 변하지 않고 똑같았지만 충실했다.

고아원에서 생활하고, 학교에 다니고, 아르바이트를 하고, 앞으로 대체 뭘 해 먹고살지…… 미래에 대해 고민하던 생활을 지금으로써는 잘 떠올릴 수가 없었다.

"재미있는 곳이네."

오랜만에 떠올린 '고향'에 대해 이야기해 주자, 사라가 헤- 벌리고 있던 입으로 감상을 늘어놓았다.

이야기를 듣는 내내 그녀는 두 눈을 반짝반짝 빛냈다. 그 모습에 문득 궁금증이 일어, 백현은 사라의 고향에 관해 물었다.

"폐허였어."

사라는 시큰둥한 표정으로 대답했다.

"아무것도 없는 곳이었지. 네가 살던 세계처럼 평화로운 곳도 아니었고. 매일 싸움에, 전쟁에, 지긋지긋한 곳이야. 절대로 돌아가고 싶지 않아."

"안 돌아간다고?"

"돌아갈 마음이 없는걸. 너는 어떤데? 고향으로 돌아가고 싶어?"

그 질문에 백현은 순간 말문이 막혔다.

고향으로 돌아간다.

도원경에 처음 들어왔을 때. 전후 사정도 모르고 주한오의 앞에 앉아서, 제자가 되란 말을 들었을 때. 그때는…… 그냥 다 때려치우고 살던 세계로 돌아가고 싶었다.

하지만 지금은?

도원경은 재미없는 곳이다. 이곳에 사는 것은 주한오와 백현, 설화봉 유운려, 사라뿐이다. 물론 여휘도 있기는 하지만, 이무기인 그녀를 도원경의 주민이라고 할 수는 없을 것이다. 아니, 애당초 도원경에 진짜 '주민' 따위는 없다. 이곳은 어디까지나 등선을 앞둔 이들이 이루지 못한 미련 때문에 잠시 머무르는 곳에 지나지 않는다.

백현의 파천신화공은 4성에 도달했다. 5성의 성취를 이루면, 주한오는 미련을 이루고 등선할 것이다. 그렇게 되면…….

백현은 머지않은 미래를 그리며 착잡한 기분을 느꼈다. 고향으로 돌아가고 싶다. 그런 마음이 완전히 사라진 것은 아니다. 고아원 시절부터 친구였던 민식이도 만나고 싶었고, 도원경에서 먹지 못했던 음식이나 술도 먹고 마시고 싶다. 그런 식으로 생각하면 하고 싶은 일은 참 많았다.

무공은? 파천신화공은?

고향으로 돌아간다. 21세기의 한국으로 돌아간다. 그곳에서 무공을 수행한다고? 기껏 배운 무공을 어디에 써먹을 수 있을까. 튼튼한 몸으로 할 수 있는 일이 뭐가 있을까. 먹고 살 걱정은 없을 것이다. 격투기 선수라도 한다면 금세 세계 챔피언이 될 것이고, 아무 종목 하나 잡고 스포츠 선수를 시작하면 금세 국가대표로 발탁되어 금메달을 휩쓸 수 있을 것이다.

'재미없네.'

백현은 피식 웃으며 생각했다. 경험을 쌓는다는 목적으로 매일 싸우면서 살았다.

과거의 스승과 싸웠고, 스승의 기억 속 인물들과 싸웠다. 그런 매일을 떠나, 평화로운 고향으로 돌아가서…… 그런 삶에 적응할 수 있을까. 무공 수행이야 혼자서도 할 수 있겠지. 명상이나 하는 식으로.

'진짜 재미없어.'

"그럼. 고향으로 안 돌아가면 너는 어디로 가게?"

"방금 정했어."

사라가 시큰둥한 표정을 지으며 말했다.

"너 따라갈래."

그 말에 백현의 두 눈이 동그랗게 떠졌다.

"……뭔 개소리야?"

"개소리 아니야."

"네가 나를 왜 따라와?"

"말했잖아. 난 내 고향으로 돌아가고 싶은 마음이 없어. 그리고 네 고향에 방금 흥미가 생겼어."

"고작 그런 이유로 나를 따라오겠다고?"

"……그리고 여태까지 너랑 많이 싸웠는데, 한 번도 너를 이기지 못했어. 한 번은 이겨야지."

사라의 목소리가 점점 작아져 웅얼거리는 것처럼 들렸다. 그녀는 힐긋거리며 백현의 얼굴을 보다가, 갑자기 벌떡 몸을 일으켰다. 그러곤 백현의 얼굴을 노려보다가, 홱 몸을 돌렸다.

"돌아갈래."

"갑자기 뭐야?"

"재수 없는 놈. 맨날 두들겨 패기만 하고……! 얼굴만 때리는 이유가 대체 뭐야?"

이유야 명확했다. 얼굴을 때려야 쓰러뜨리기 편해서다.

"개똥 같은 새끼!"

사라는 그렇게 내뱉고서 경공을 펼쳐 정원에서 담벼락까지 도약했다. 백현은 멀어지는 사라의 뒷모습을 멀뚱거리며 보다가 헛웃음을 흘렸다.

"뭐라는 건지."

오랜만에 고향 생각을 떠올렸지만 그리 기분이 좋지는 않았다. 찝찝한 기분을 떨쳐내고자 가부좌를 틀고 앉아 파천신화공을 운용했다.

백현의 몸이 은은한 검은빛에 휘감겼다. 도원경에서 보낸 십오 년의 세월이 머릿속을 스쳤다. 수많은 일이 있었다. 수많은 싸움을 겪었다.

이제 더 이상 경험이 부족하다는 변명은 할 수 없을 정도였다. 내공이 부족하지도 않다. 벌써 십 년 전에 먹은 선도의 내공과 더불어 그간 쌓은 내공의 양은 어마어마했다.

파천신화공의 성취가 오를수록 단전의 크기는 커졌고, 그만큼 내공의 양은 불어났다.

'기왕이면 만독불침이랑 금강불괴도 완성하고 싶은데.'

사소한 욕심이었지만, 지금의 백현에게는 무리였다. 물론 백현은 한없이 만독불침과 금강불괴에 가깝지만, 진정한 만독불침이나 금강불괴에 이르렀다고 할 수는 없었다.

하지만 앞으로 파천신화공을 수행할수록 그의 몸은 진정한 만독불침과 금강불괴에 가까워질 것이고, 언젠가는 단전과 내공에도 구애받지 않게 될 것이다.

무(武)를 아느냐.

오래전에 들었던 그 질문이, 갑작스레 머릿속을 가득 채웠다. 모른다. 관심도 없었다. 평생 그런 것과 인연이 없다고 생각했다. 알고 싶다고 생각한 적도 없었다. 당연히 배우고 싶다고 생각한 적도 없었다. 앞으로도 그럴 것이라고 생각했다.

모든 것이 바뀌었다. 그날 들었던 목소리. 그날의 만남. 스스로 인지하지 못했던 재능.

천무성.

단순히 운이 좋아 타고났을 뿐인 재능이다. 운이 좋아서 주한오를 만났고, 이곳에 불려 와 재능을 꽃피울 수 있었다.

그 모든 것에 감사를 느꼈다. 무를 아느냐? 그 질문을…… 지금은 대답할 수 있을까. 사실 지금도 잘 모르겠다. 백현에게 있어서 '무'는 여전히 어려운 것이었다. 도원경에서 살았던 이십 년. 백현은 단 한 번도 스스로 '무'가 무엇인지 고찰해 본 적이 없었다. 그것이 무엇인지 알아야 한다는 필요성도 느끼지 못했다.

하지만.

예전과는 다르게, 관심은 있었다. 인연이 있다고 생각했다. 알고 싶었다. 배우고 싶었다. 앞으로도 그러고 싶었다.

백현에게 있어서 '무'는 즐거운 것이 되었다. 유일하게 잘하는 것이 되었다. 계속, 평생, 영원히 하고 싶은 것이 되었다.

당장 대답을 내놓을 필요는 없을 것이다. 앞으로 계속, 무도(武道)를 걸으면서. 나 자신의 무도가 무엇인지. 무가 과연 무엇인지, 나름의 대답을 추구하면 될 것이다.

'아.'

그렇게 생각했을 때, 모든 것이 무의미하단 느낌이 들었다. 도원경이든 고향이든 무슨 상관인가. 중요한 것은 장소가 아닌 '나' 자신이다.

'나' 자신이 어디에 있는가. '나' 스스로가 무엇을 하는가가 중요한 것이다. 격투기 선수를 하든 막노동을 하든, '나' 자신의 무도를 걸으며 무를 추구한다면 그것으로 충분하다.

재미없네. 진짜 재미없어. 웃기지도 않지.

해보지도 않고서 너무 성급하게 생각했다. 결국, 나는 계속해서 무도를 걸을 텐데.

하고 싶은 것. 추구하는 것. 목표. 그런 것은 확실히 존재한다. 파천신화공을 완성하는 것. 나 자신의 무도를 걷는 것. 그거면 된다. 스스로 그렇게 답을 내리자, 흐렸던 머릿속이 맑아지는 것 같았다.

가부좌를 틀고 앉은 백현의 몸이 둥실 떠올랐다. 그의 몸을 감싸고 있던 은은한 검은빛의 색이 진해졌다.

백현은 공중에 뜬 상태로 계속해서 호흡했다. 검은빛 안에서 백현의 피부가 쩌적- 소리를 내며 갈라졌다. 몸 안쪽에서 우둑거리는 소리가 울렸다.

정체되어 있던 심(心)이 먼 곳으로 나아가며 체(體)가 환골탈태(換骨奪胎)를 이루었다. 그리고 몸 안의 기(氣)는 더욱 농밀해졌다. 수년간 정체되어 있던 파천신화공이 드디어 5성에 도달한 것이다.

"현아."

백현은 감고 있던 눈을 떴다.

스승. 무신마 주한오가 자애로운 눈으로 그를 지켜보고 있었다. 백현은 쓰게 웃으며 주한오를 바라보았다. 잠시, 두 사승은 아무 말도 하지 않고서 서로를 바라보았다.

"깨달음을 얻었구나."

"깨달음치고는 별것 없는데요."

"네가 줄곧 외면하던 것들에 대해 나름의 답을 내리지 않았느냐?"

주한오가 빙그레 웃으며 물었다. 그 말에 백현은 민망함을 감추며 웃는 소리를 냈다.

"사람은 누구나 변할 수 있지만, 정말로 변하는 것은 힘든 일이란다. 또, 지레 겁을 먹고 외면하던 문제를 정면으로 마주하여 답을 내리는 것 역시 굉장히 힘든 일이지."

"……잘 모르겠어요."

백현은 가만히 앉아서 자신의 몸을 내려다보았다.

환골탈태. 백현은 방금 자신의 몸에 무슨 일이 일어난 것인지 짐작할 수 있었다.

"깨달음…… 저는 정말로, 대단한 고찰 따위는 하지 않았어요."

"본좌는 네가 무엇을 깨달았는지 모른다."

주한오가 고개를 저으며 말했다.

"깨달음은 언제나 갑작스럽지. 스쳐 지나가는 생각의 편린에서 시작되어, 그것을 붙잡고, 끈질기게 추구하는 것이 깨달음의 대부분이란다. 대단하고 대단하지 않고가 중요한 것이 아니란다. 그것은 현이 너에게 필요한 고민이었다. 그리고 그 대답은 너 자신을 변하게 만들었지."

주한오가 손을 들어 백현을 가리켰다.

"보거라. 그로 인해 너는 변하지 않았느냐. 스스로를 고찰하여 변할 수 있다는 것은 생각할 수 있는 존재가 가진 큰 축복 중 하나일 게다. 너 자신의 마음이 변하고자 하였기에 네 몸이 변하였고, 네 기가 변하였다. 그리고 네 앞을 가로막고 있던 벽이 무너진 것이다."

주한오는 제자의 성취에 진심으로 기뻐하고 뿌듯함을 느꼈다. 백현은 그런 스승을 물끄러미 보다가, 쓰게 웃었다.

"……스승님은 미련이 사라지셨군요."

"본좌는 그것보다 제자인 네가 성취를 얻은 것이 더 기쁘구나."

주한오는 백현을 향해 손을 뻗었다. 백현은 주한오의 손을 잡고 일어섰다.

"사라와 무슨 이야기를 나누었느냐?"

"고향에 관한 이야기를 나누었습니다."

"그것이 네 번민이었지."

"별로 중요하다고 생각하지 않았는데, 꽤 중요했었나 봐요."

"너는 결국 이곳을 떠나야 하니까. 어쩔 수 없는 일이다. 그래서, 답은 내렸느냐?"

"돌아가야죠. 그곳 말고 갈 곳도 없으니까요."

백현의 말에 주한오가 흐뭇한 미소를 지으며 머리를 끄덕거렸다.

"설마 바로 등선하시는 건 아니죠?"

"그렇게 서두를 필요는 없다."

주한오는 그렇게 말하면서 백현과 함께 저택 안으로 향했다.

"이별 전에 사승 간에 술잔은 나누어야 하지 않겠느냐. 처음이자 마지막으로 말이다."

그 말에 백현의 걸음이 우뚝 멈추었다. 앞서 걷던 주한오는,

의아한 표정을 지으며 백현을 돌아보았다.

"왜 그러느냐?"

"……아니, 어이가 없어서."

백현은 눈썹을 찡그리면서 주한오를 노려보았다.

"술이 있었으면 진즉에 좀 주시던가!"

버럭 외치는 고함에 주한오가 떨떠름한 표정을 지었다.

도원경에서 이십 년을 사는 동안, 선도 하나 말고 아무것도 먹지 않았다. 어차피 영혼이라 배고픔을 느낀 적은 없었지만, 그래도 뭔가를 먹고 마시고 싶다는 욕구가 없었던 것은 아니다. 그래서 '술'이라는 이야기를 들었을 때. 백현의 입술은 댓발 튀어나왔다.

"너무 서운해하지 말거라."

자리에 앉은 주한오가 쓴웃음을 지으며 말했다.

"마실 경사도 딱히 없었고, 애당초 네가 달라고 요구한 적도 없지 않으냐?"

"있는 줄도 몰랐으니까 그러죠."

백현은 투덜거리면서 주한오의 맞은편에 앉았다. 주한오는 제자의 투덜거림에도 미소를 거두지 않았다.

"처음이자 마지막이니까, 당연히 좋은 술이겠죠?"

"네 취향은 모르겠지만, 본좌는 꽤 좋아하는 술이란다."

주한오는 그렇게 대답해 주면서 손을 흔들었다. 그러자 아무엇도 없었던 곳에 술상이 가득 차려졌다. 그것을 보며 백현은 다시 분노를 느꼈다.

"이렇게 할 수 있으면서 왜 이십 년 동안 저한테 밥 한 그릇 안 주신 겁니까?"

"배고프다고 한 적도 없지 않으냐."

"아니, 사람이 꼭 배가 고파야 밥을 먹습니까?"

"배가 안 고픈데 밥을 왜 먹느냐?"

주한오가 되려 이상하다는 표정을 지으며 물었다. 그 말에 백현은 말없이 주한오의 얼굴을 노려보았다.

참 고마운 스승이었지만, 이런 일에 있어서는 몹시 원망스러웠다. 주한오는 원독에 찬 눈으로 자신을 보는 백현을 보며 헛웃음을 짓더니 술상 위에 놓인 술병을 손으로 들었다.

"한 잔 받거라."

"예에."

배배 꼬인 기분을 내색하기 위해 말꼬리를 길게 늘이며 대답했다. 사실 이러니저러니 해도 울적한 기분을 티 내고 싶지 않아서였다.

이십 년. 충분히 긴 시간이었지만, 막상 되돌아보니 왜 이리 짧게 느껴지는 것일까. 백현은 잔을 가득 채우는 황금색 술을 보았다. 색깔만 보아도 바깥에서 마시던 소주와 비교가 안 될 정도로 고급스러웠고, 술 주제에 향이 오지게 좋았다.

"짠- 합니까?"

"짠?"

주한오가 알아듣지 못하자, 백현은 히죽 웃으며 술잔을 앞으로 내밀었다. 그것을 멀뚱히 보던 주한오는 이윽고 '짠'이 무엇인지 깨닫고 피식 웃었다. 서로의 술잔이 마주 부딪쳤다.

백현은 단숨에 술잔을 비웠다. 마신 술은 그 향과 색깔만큼이나 부드럽고 맛있었다.

"이렇게 좋은 술 가지고 계셨으면 진즉에 좀 까시지."

"몇 번을 투덜거리는 것이냐?"

주한오가 큭큭 웃었다. 백현의 잔이 비워지자 주한오가 다시 술을 따라 주었다. 백현은 젓가락을 들어 안주를 이것저것 집어 먹었다. 십여 년 만에 먹는 음식과 술이다. 달고, 짜고, 맛있었다. 마냥 맛있다고 느껴지지는 않았다. 이것이 마지막임을 알기 때문이었다.

백현은 앞에 앉은 스승을 힐긋 보았다.

스승, 무신마 주한오. 그는 잔잔한 미소를 지으며 백현을 보고 있었다. 그 미소를 보며 백현은 가슴 안쪽이 아릿하게 아파 오는 것을 느꼈다.

짧고도 긴 이십 년. 그동안…… 스승과 참 많은 이야기를 나누었다. 많은 것을 들었고 많은 것을 배웠다. 백현이 평생을 배웠던 것보다 많은 것을 주한오에게 배웠고, 그 누구에게도 받지 못했던 믿음과 관심과 가르침을 스승에게 받았다.

'아.'

연거푸 술을 마셨다. 원래도 술은 꽤 마시는 편이었다. 하지만 이만큼은 아니었다. 쉬지 않고 술을 마시는데도 취기가 전혀 느껴지지 않았다. 몸이 취기를 억제하기 때문이었다.

"무인의 몸은 불편하군요."

"꼭 취할 필요는 없지 않으냐. 정 취하고 싶거든 스스로 그리 바라면 된다."

"저를 바보로 아십니까? 그렇게 취해봤자, 언제고 취기를 몰아낼 수 있다는 건 압니다. 그건 취하는 게 아니지요."

"술에 취해 자신을 잃는 것은 추한 일이다."

"가끔은 그러고 싶을 때도 있는 법 아니겠습니까?"

"취하고 싶은 모양이구나."

"지금은 좀 그런 기분이네요. 그래도 마지막이니까. 스승님은 아쉽지 않으신가 봐요? 슬프거나."

"본좌를 냉혈한으로 보는 게냐?"

백현이 삐딱한 목소리로 묻자, 주한오가 너털웃음을 터뜨렸다.

"현이 너는…… 본좌의 모든 것을 준 유일한 존재다."

"……."

"자식을 낳지 않은 본좌였지만, 현이 너는 자식과 같았다. 그 누구도 알지 못하는 본좌의 과거와 기억의 일부를 공유하는 유일한 인물이 현이 너다. 너는 본좌의 분신이자, 아들이자, 제자다. 그런 너와의 이별을 본좌가 어찌 아쉽다 여기지 않겠느냐?"

"……제기랄."

주한오의 말에 백현은 코끝이 시큰거리는 것을 느꼈다.

"진즉에 티 좀 내지 그러셨습니까?"

"꽤 냈다고 생각하는데, 느끼지 못했느냐?"

"느꼈죠."

느끼지 못했다면 거짓말이다. 백현이 겪은 주한오는 냉혈한이 아니었다. 무조건적으로 엄한 사람이 아니었다. 그는 오히려 백현이 과하게 수행하는 것을 걱정하는 인물이었다.

"이별이 싫은 것이냐?"

"그럼 좋겠습니까?"

"하지만 어쩔 수 없는 일임은 알지 않느냐."

주한오는 그렇게 중얼거리면서 술잔을 내려 보았다.

어쩔 수 없는 일. 알고 있다. 알고 있기에 고집을 부릴 수 없다. 그런 '납득'은 이미 오래전에 내려두었다.

백현에게 백현의 삶이 있듯, 주한오에게는 주한오의 삶이 있다. 백현이 스스로의 무도를 걷기로 한 것처럼 주한오에게도 추구하는 무도가 있는 것이다.

"전 스승님이 가고자 하는 길을 방해할 마음은 없습니다."

술병이 둥실 떠올랐다. 백현이 펼친 격공섭물이었다. 그는 주한오의 술잔에 술을 따라주면서, 잠긴 목소리로 말했다.

"등선하세요."

"그렇게 말해주니 고맙구나."

주한오가 흐릿한 미소를 지었다.

"등선 뒤에는 어찌 되는 겁니까?"

"육신이 무의미한 세상으로 향하겠지."

주한오는 시선을 위로 들었다. 위는 천장으로 막혀 있었지만, 그가 보는 것은 천장이 아닌 그보다 훨씬, 아득하게 높은 어딘가였다.

"그곳이 무도의 끝이라고 생각하지는 않는다. 그곳 역시…… 또 다른 시작이겠지. 가보아야 알 수 있겠지만 말이다."

"신선들의 세계 같은 겁니까? 가면 막, 그런 거 아닙니까? 다른 신선들이 스승님 같구고……."

"글쎄다. 잘은 모르겠지만, 희미하게 선계(仙界)를 엿보기는 했다. 꽤 많은 이들이 있더구나. 고독할 일은 없을 게다."

"솔직히 말해보세요. 스승님보다 강한 신선도 있겠지요?"

"없다고 말하는 것은 거짓말이겠지. 하지만 많지는 않더구나. 그것을 보고 본좌는 꽤 자부심을 느꼈단다."

그 말에는 진한 자부심이 묻어 나왔다. 백현은 그 말을 들으며 자기 일처럼 기분이 좋아져 웃을 수 있었다.

술상의 음식을 모두 먹고, 술병을 몇 병이나 더 비웠다. 그러면서 많은 이야기를 나누었다. 사승이 함께 보낸 이십 년에 대한 이야기였다. 백현은 자신에 관한 이야기를 했고, 주한오는 그 이야기를 듣고서 자신에 관한 이야기를 들려주었다.

백현은 열 살의 주한오를 만났었고, 열다섯 살의 주한오를 만났었다. 서른 살의 주한오도 만났었고 마흔 살의 주한오도 만났었다. 그가 싸웠던 수많은 이들도 만났었다. 그렇다고 해도 나눌 이야기는 아주 많았다.

"처음 만났을 때는, 정신 나간 할아버지인 줄 알았습니다."

"본좌도 기껏 불러온 제자가 개똥만도 못한 놈인 줄 알았다."

"개똥보다는 낫지 않습니까?"

"훨씬 나았지."

"스승님도 정신 나간 할아버지는 아니었습니다."

실없는 이야기를 나누며 서로 웃었다.

"너도 기회가 될 때 제자로 들일 천무성을 하나 찾아 놓거라. 나중에 본좌처럼 제자를 찾지 못해 귀찮은 수고를 들이지 말고."

"제 세상에 천무성이 있을지 모르겠네요."

"약속해라. 쓸 만한 제자를 하나 들이겠다고 말이다."

"쓸 만한 제자의 기준이 뭡니까?"

"현이 너보다 나은 놈."

"그런 놈은 없을 것 같은데요."

약속도 했다.

"현아."

주한오가 백현의 잔에 술을 따라 주었다.

"예, 스승님."

"옛날에…… 함께 선도를 찾으러 갔을 때. 나누었던 이야기를 기억하느냐?"

"기억합니다."

신선이 신입니까?

본좌는 신이 되기 전의 인간이 도달하는 경지라 생각한다. 무슨 말인지 알겠느냐?

……잘 모르겠습니다만.

파천신화공을 익히면 신이 될 수 있다고 했지만, 본좌는 신이 되지 못하고 신선이 되는 것에 그쳤다는 말이지.

……그게 무슨 말입니까?

지금의 현이 너에게는 너무 이른 말이로구나.

기억한다. 주한오와 함께, 처음으로 저택 밖으로 나갔던 날. 처음으로 도원경에서 음식을 먹었던 날. 일백 년 분의 내공을 주는 선도를 먹은 날. 설화봉 유운려와 그녀의 제자인 사라를 처음 만난 날.

"파천신화공은 미완성이다."

주한오가 씁쓸한 미소를 지으며 말했다. 그는 천천히 술잔을 입가로 가져갔다. 백현은 술을 마시는 스승을 보며, 고개를 끄덕거렸다.

"알고 있습니다."

"……천무성밖에 익힐 수 없는 무공. 거짓말은 아니다. 하지만, 천무성인 본좌로서도…… 파천신화공을 완성할 수는 없었다."

미완성이라고는 하나, 파천신화공을 운용하는 것에 하자가 있는 것은 아니었다. 엄밀히 말하자면 파천신화공은 미완성인 것이 아니다.

"본좌 스스로 부족했기에, 파천신화공의 끝을 보지 못했다."

스스로 만들었음에도 그 끝을 보지 못했다. 이 얼마나 우스운 일인가.

"파천신화공은 무공이되 무공이 아니다. 너 자신의 심, 기, 체. 무(武) 그 자체다. 본좌는 파천신화공에 무(武)를 담고자 했고, 과분하게도 그에 성공할 수 있었다. 그러나…… 하늘을 부수고 신이 되고자 하였거늘, 본좌는 신선이 되는 것에 그쳤구나."

"……그러면 더 수행하여 신이 되고자 하시면 되는 것 아닙니까?"

"……후후. 무도에 정진한 지 백이십 년. 일평생 광오하여 단한 번도 무에 있어 어려움을 겪어본 적이 없다 자부하였지만,

중원은 본좌에게 있어서 너무 좁았다. 그러니 본좌는 등선하여 선계로 가려는 것이다."

주한오는 그렇게 말하며 다시 먼 곳을 보았다.

"그곳은 중원보다 넓을 것이 틀림없으니…… 미숙한 스승에게 실망하였느냐?"

"제가 스승님께 실망을 왜 합니까? 사실 미완성이란 말도 웃기지요. 파천신화공은 완성된 무공입니다. 다만 스승님이 극성으로 익히지 못한 것뿐이지."

"그게 더 우스운 일 아니냐?"

"아니, 그렇게 들으라고 한 말은 아니었는데…… 어쨌든요. 저는 스승님께 실망 따위 하지 않았습니다. 저에게 있어서 스승님은 위대한 분이고, 천하제일에, 여하튼 대단한 분이십니다."

백현은 그렇게 내뱉으며 술잔을 비웠다.

"……어렸을 때…… 큰 사고로 부모를 잃었습니다. 그 이후로 저에게 부모의 역할을 대신해 줄 존재 같은 것은 없었습니다. 진심으로 나를 믿어주고, 도와주고, 가르쳐 주고, 그런 존재도 없었습니다. 스승님은 저에게 그런 존재였습니다. 동의도 없이 갑자기 데려온 것이야 처음에는 좀 짜증 났는데, 뭐 어쨌든요. ……제가 스승님에게 자식이자 제자였다면, 스승님은 저에게 부모이자 스승이셨습니다."

"진즉에 티 좀 내지 그랬느냐?"

백현의 말에 주한오가 피식 웃으며 말했다. 아까 전에 백현이 했던 말과 똑같은 말이었다. 그 말에 백현은 두 눈을 끔벅거리다가, 큰 소리로 웃었다.

"꽤 냈다고 생각했는데요?"

두 사승은 서로를 보며 웃겼다.

"현아."

"예, 스승님."

"언젠가. 가능하다면 파천신화공을 완성하거라."

"스승님도 하지 못한 일을 제가 어찌합니까?"

"본좌는 말년에 이르러서야 파천신화공을 만들었지만, 너는 본좌에게서 벌써 파천신화공을 배우지 않았느냐? 시간이야 넘치도록 있으니, 도전이나 해보거라."

"노력은 해보죠."

술병에 술이 얼마 남지 않았다. 주한오는 직접 술병을 잡아, 백현의 잔에 술을 채워주었다.

"현아."

"예, 스승님."

서로의 잔이 마지막으로 채워졌다.

"이제, 무(武)가 무엇인지 알겠느냐?"

오래전 들었고, 깨달음의 도중에도 들었던 질문이 주한오의 입에서 흘러나왔다.

"차차 알아가려 합니다."

백현은 싱긋 웃으며 대답했다. 그 대답에 주한오가 만족스러운 미소를 지었다.

"무에 정답은 없단다."

서로가 잔을 비웠다.

"본좌 역시…… 아직도 무(武)가 무엇인지 정의할 수 없으니."

주한오는 그렇게 말하면서 천천히 몸을 일으켰다.

"그러니, 너도 조급해하지 말고 천천히 찾아보거라. 무(武) 그 자체를 즐기면서."

"예."

백현은 일어선 스승을 올려 보다가, 조용히 몸을 일으켰다. 그러고는 그 자리에 무릎을 꿇었다.

"모든 것에…… 감사했습니다."

그렇게 말하며, 백현은 일어선 주한오를 향해 큰절을 올렸다. 그 모습을 보던 주한오가 뒷짐을 지고서 빙그레 웃었다.

"현이 네가 본좌의 제자라 즐거웠다."

주한오의 몸이 희미한 빛에 둘러싸였다.

"이제부터는…… 현이 네가 무신마(武神魔)의 이름을 잇거라."

"……예."

그 말을 마지막으로, 주한오의 몸이 완전히 빛에 삼켜졌다.

"……끄으윽……."

꾹 참으려고 했던 눈물이 줄줄 흘러나왔다. 백현은 흩어지는 빛의 입자를 보면서 펑펑 울었다. 나오는 것은 눈물뿐만이 아니었다. 취기도 억누르는 무인의 몸이었지만 굵은 눈물과 진한 콧물은 멈추게 할 수가 없었다.

그러고 싶지 않았기 때문이다. 취하고 싶으면 취할 수 있는 것처럼, 멈추고 싶지 않으니까 멈추지 않는 것이다.

울고 싶어서, 백현은 세상이 떠나가라 울었다. 주한오가 등선하기 전에 눈물을 보이지 않은 것이 그 나름의 최선이었다.

갔다. 스승님이 진짜로 가버렸다.

친 부모님의 죽음에 대해서는 솔직히 별 감흥이 없었다. 패륜이니 뭐니 해도 어쩔 수 없는 일이었지만, 부모님이 돌아가셨을 때 백현의 나이는 고작 다섯 살이었다.

그 뒤에는 고아원 행이었고, 옅게나마 피를 나눈 친척들은 다시는 상종하고 싶지 않은 쓰레기들이었다.

고아원에서 함께 나고 자란 민식이 정도를 제외하면 백현이 세상에 의지할 사람은 없었고, 그 민식이는 어디까지나 친구였지 부모 같은 존재는 아니었다.

스승인 주한오는, 도원경에서 보낸 이십 년 동안 백현에게 부모가 어떤 존재인지 알려주었다. 그러니 울 수밖에 없었다.

"……흑."

한참을 울던 백현의 눈물이 뚝 멈추었다. 얼마나 울었는지 모르겠다. 족히 몇 시간은 운 것 같았다. 백현은 눈물과 콧물로 흠뻑 젖은 얼굴을 양손으로 벅벅 문질렀다. 젖은 것은 얼굴뿐만이 아니었다. 입은 상의도 온통 젖었다.

백현은 입은 옷을 통째로 벗어버리고서 몸을 일으켰다. 그러고는 주한오가 있었던 곳을 향해 한 번 더 꾸벅 머리를 숙였다.

"……언제까지 보고 있을 거예요?"

백현은 숙였던 머리를 들며 그렇게 내뱉었다. 목소리는 조금 잠겨 있었지만, 들어 올린 얼굴에 울었던 흔적은 전혀 남아 있지 않았다.

조금 전 세상이 끝난 것처럼 울었던 것을 마지막으로, 백현은 마음속에서 스승을 보내주었다. 따지고 보면 스승이 슬프게 죽은 것도 아니고, 자기 자신의 바람을 위해 등선한 것이니 꺼이꺼이 울 일도 아니었다.

'알고는 있는데 눈물이 나온단 말이지. 참 신기하단 말이야.'

사람 마음이라는 것이 참 신기하다는 생각을 하며, 백현은 고개를 돌렸다. 공간이 살짝 일렁거리더니, 여휘가 빼꼼히 머리를 내밀었다.

"엿보던 것은 아닙니다."

"엿보던 거잖아요."

"아닙니다. 당신의 기분을 생각해서 잠시 기다리고 있었던 것뿐입니다."

"결국, 엿봤던 거잖아요."

"따지고 보면 그런 것이지만, 엿본다는 말은 아무래도 조금 그렇지 않습니까."

여휘가 쓴웃음을 지으며 말했다. 아무래도 체면을 차리고 싶은 모양이었다. 백현은 킁- 하고 콧물을 삼키면서 바닥에 주저앉았다.

"엿봐도 상관없어요. 부끄러운 짓을 한 것도 아니고."

"그렇습니까?"

"울 일이었고, 울고 싶었어요. 그래서 울었던 거예요."

백현은 그렇게 말하면서 머리를 벅벅 긁었다. 여휘는 그런 백현을 묘한 눈으로 바라보더니, 천천히 머리를 끄덕거렸다.

"……그렇습니까."

"스승님은 잘 가셨어요?"

"……네, 무신마는 조금 전에 무사히 선계에 도착했습니다. 제가 알려 드릴 수 있는 것은 여기까지입니다."

"괜찮아요. 스승님이야 뭐, 거기서도 잘 지내시겠죠. 그래서…… 왜 오신 거예요?"

"당신도 짐작하고 계실 텐데요?"

여휘의 말에 백현은 피식 웃었다. 짐작하다마다.

"그래도 처음 왔을 때보다는 친절하시네요. 나는 또, 왔을 때처럼 갑자기 돌아갈 줄 알았는데."

"그때는 사전에 동의를 구할 상황이 아니었기 때문입니다. 그때 당신을 도원경으로 불러달라고 요구한 것은 무신마였고, 당신의 동의는 조건에 들어 있지 않았습니다."

여휘는 그렇게 말하면서 백현에게 다가왔다.

"그리고. 당신에게 알려줄 것이 몇 가지 있습니다."

"갑자기 뭐예요?"

"당신은 모르겠지만, 무신마는 최근 저와 몇 개의 거래를 하였습니다. 제 사소한 부탁을 몇 가지 들어주는 대신에, 당신의 편의를 봐주는 것이 거래의 내용이었죠."

그 말에 백현의 두 눈이 동그랗게 떠졌다. 주한오에게 그런 언질은 들은 적이 없었다.

"그게 무슨 말이에요? 나는 들은 적이 없는데⋯⋯?"

"그래서 제가 말하지 않았습니까. 당신은 모르겠지만, 이라고. 아마 무신마 나름대로 당신을 위한 것이겠지요."

그 말에 백현도 나름 짚이는 바가 몇 가지 있었다. 백현이 사라와 대련을 할 때나, 주한오가 투영한 과거의 주한오, 혹은 과거의 인물과 대련할 때. 백현 혼자서 파천신화공을 수행할 때. 가끔씩 주한오는 저택을 비우곤 했었다.

백현이 어디를 가냐 물을 때면, 주한오는 딱히 볼 것도 없으니 산책이나 다녀오겠다며 말하곤 했었다. 지금 생각해 보면 그냥 산책을 나간 것이 아니라 여휘의 부탁을 들어주기 위해 외출한 것 같았다.

"……편의라면…… 어떤 편의를 말하는 거예요?"

"당신이 도원경에 와 있는 동안, 당신의 세계가 어떤 변화를 맞이하였는가. 그 정보를 전해주는 것이 거래의 내용입니다."

그 말에 백현의 두 눈이 살짝 흔들렸다.

"……예상은 했지만."

백현이 도원경에서 보낸 세월이 이십 년이다. 그 긴 시간을 보냈는데, 원래 있던 세상에서의 시간이 전혀 흐르지 않았을 것이라는 기대는 애초부터 하지 않았다.

"시간이 얼마나 흘렀어요?"

"오 년입니다."

"그래도 생각보다 짧네. 생 이십 년이 흘렀으면 어쩌나 싶었는데."

백현은 피식 웃으면서 중얼거렸다.

"그래서, '변화'는 뭔데요? 뭐, 우리나라 대통령이 누가 됐고 어떤 아이돌이 인기가 많고 어떤 대형사고가 터졌고 그런 거?"

"그런 것에 관심이 있으십니까?"

여휘가 머리를 갸웃거리며 묻자, 백현은 실없는 웃음소리를 내며 고개를 저었다.

"농담이에요, 농담."

"알고 있습니다. 설마 그런 것들을 들으려 했다면, 선계로 간 무신마가 진노했을 겁니다."

여휘는 그렇게 말하면서 큭큭 웃었다. 그녀는 백현의 앞에 서더니 낮게 헛기침을 했다.

"당신의 세상은 큰 변화를 맞이했습니다."

"……세계대전이라도 났어요? 아니면 외계인이 침략하기라도 했나?"

"굳이 말하자면 후자 쪽이 가까울 것 같네요. 엄밀히 말하자면 외계인은 아니지만."

여휘는 그렇게 중얼거리면서 손을 들어 백현에게 뻗었다. 백현은 자신의 이마로 다가오는 여휘의 손을 보다, 반사적으로 손을 움직여 여휘의 손목을 붙잡았다.

"뭐 하는 거예요?"

"손쉽게 정보를 전달해 주려는 겁니다. 제 입으로 떠드는 것보다는 그게 낫지 않겠습니까?"

"……큼."

백현은 잡고 있던 여휘의 손을 놓았다. 곧, 여휘의 손이 백현의 이마에 닿았다. 그러자 여휘가 전해주고자 한 정보가 백현의 머릿속으로 흘러들어 왔다.

"……맙소사."

정보를 확인한 백현의 두 눈이 파르르 떨렸다.

백현은 선계로 떠난 주한오에게 감사했다. 만약 이걸 미리 알지 못하고 현대로 돌아갔으면 크게 당황했을 뻔했다.

어비스(Abyss). 현대 기준으로 4년 전. 그 '거대한 구멍'은 갑자기 전 세계의 곳곳에서 나타났다. 그리고 어비스의 출현과 동시에, 세상 사람들의 머릿속에는 당연하다는 듯이 어비스에 관한 '지식'이 심어졌다. 매달 말일. 세계 곳곳에 있는 어비스의 구멍에서 '괴물'이 튀어나온다. 그것에 예외는 없다. 출현하는 괴물은 예측이 불가능하다.

그리고, 바란다면 누구나 어비스로 들어갈 수 있다. 어비스는 들어오는 자를 거부하지 않는다. 어비스에 들어간다고 해서 다시 밖으로 나갈 수 없는 것도 아니다.

단, 어비스안에서의 생존은 전적으로 자기 자신에게 달려 있다.

어비스의 안은 일종의 이세계(異世界)였다. 그곳에 지구의 법은 적용되지 않는다. 지구의 주인은 인간이겠지만, 어비스의 안에서 인간은 주인이 아니었다. 그곳에서 인간은 철저하게 사냥되는 쪽이었고, 넘쳐나는 포식자를 상대로 살아남아야 하는 입장이었다.

그것뿐이라면 인간이 어비스에 들어갈 이유 따위는 없을 것이다. 매달 말일 뭔지 모를 구멍에서 괴물이 튀어나오지 않아도, 세상은 먹고 살기 힘들 정도로 각박한 곳이다.

하지만 어비스는 목숨을 걸고 심연 안으로 몸을 던진 자들에게 기회를 주었다.

정확히 말하자면, 기회를 주는 것은 어비스가 아니다.

어비스의 세계를 다스리는 13명의 군주. 그들이 어비스에 들어온 인간에게 기회를 준다. 그들이 선택한 인간은 그들이 가진 권능의 일부를 전해 받고, 그 힘으로 어비스에서 살아간다. 그들은 어비스에서 살아가며 얻은 권능과 힘을 키워 나가고, 군대를 대신해 어비스에서 튀어나가는 괴물까지 사냥하고 있었다.

"이거 진짜예요?"

백현은 어이가 없어서 그렇게 물었다. 다시 생각해 보아도 말이 안 되는 일이었기 때문이다. 멀쩡히 잘 돌아가던 세상인데, 왜 갑자기 어비스라는게 나타나고 괴물이 튀어나온단 말인가. 그리고 어비스를 다스리는 13명의 군주? 백현은 의심 가득한 눈으로 여휘를 쳐다보았다. 하지만 여휘는 백현의 질문에 고개를 갸웃거렸다.

"제가 당신에게 거짓말을 할 이유가 있습니까?"

"없죠."

"그런데 왜 의심하십니까?"

그렇게 물으니 할 말이 없었다. 백현은 입을 다물고서 골똘히 생각에 잠겼다. 여휘가 말한 것처럼, 그녀가 백현에게 거짓말을 할 이유는 없었다. 그렇다는 것은, 이 말도 안 되는 정보가 사실이라는 것이다.

'어비스? 군주? 괴물?'

생각해 보면 말도 안 되는 것은 도원경 자체도 그렇지 않은
가. 도원경에 오기 전, 그러니까 이십 년 전만 해도 백현은 고
시촌에서 살며 아르바이트를 전전하고 있었고, 공무원 시험을
준비하고 있었다.

자신이 천무성을 타고났고 파천신화공이라는 절세신공을
배울 날이 올 것이라고는 상상도 하지 못했었다. 게다가, 바로
눈앞에 있는 저 자그마한 소녀 여휘는 인간이 아닌 이무기다.

"……뭐, 그렇군요."

그렇게 생각하니 자신이 살던 세상에 일어난, 저 말도 안 되
는 일을 납득할 수가 있었다.

조금 떨떠름하긴 했지만 이런 식으로 미리 알게 된 것이 다
행이었다.

"이것으로 무신마와의 거래는 끝났습니다."

"그럼 이제 돌아가나요?"

"네."

"잠깐, 인사라도 하고 가면 안 되나요?"

"누구에게 말입니까?"

"이 도원경에 인사를 하고 갈 사람이 누가 있겠어요?"

그 말에 여휘가 두 눈을 깜박거렸다. 잠시 뒤에, 그녀는 피
식 웃으면서 머리를 끄덕거렸다.

"마음대로 하십시오."

"고마워요."

여휘의 대답을 듣고서, 백현은 즉시 경공을 펼쳐 저택 밖으로 나왔다. 그러다가 멈칫 서서, 저택을 돌아보았다.

이십 년간 주한오와 살았던 저택을 돌아보면서…… 그는 조금 여러 가지 복잡한 기분을 느꼈다. 생각해 보면 한 곳에서 이렇게 오래 산 것은 저 저택이 처음이었다.

"잘 살다 간다."

백현은 그렇게 중얼거리고서 몸을 돌렸다.

설화봉 유운려와 사라가 사는 저택에 온 것은 이번이 처음이었다.

'지금이 아침인가? 밤인가?'

아니면 낮인가, 새벽인가. 시간 감각이 없는 곳이다 보니 몇 시인지도 몰랐지만, 크게 신경 쓰지는 않았다. 애당초 이런 식으로 갑자기 방문하는 것부터가 무례한 것이다. 백현은 저택의 대문 앞에 멈춰서 문을 두들겼다. 그래도 그는 나름의 예의를 아는 사람이라, 사라가 그랬던 것처럼 대뜸 담벼락을 뛰어넘지는 않았다.

잠시 뒤에 대문이 열렸다. 하지만 대문 너머에는 아무도 없었다.

[들어오세요.]

대신에 유운려의 전음이 들려왔다. 백현은 느껴지는 기척을 따라 저택 안으로 들어갔다. 그리고 멈춰 설 수밖에 없었다. 아침인지 점심인지 저녁인지는 모르겠지만, 유운려와 사라는 식사 중이었다.

백현과 주한오처럼 이별 전에 처음이자 마지막으로 술판을 벌이는 분위기는 아니었다. 아무래도 식사는 저들에게 있어서는 일상인 모양이었다. 그것을 보고 있으니, 선계로 떠난 스승에게 조금 원망스러운 기분이 들었다.

'진작 밥 좀 먹여주지.'

"무슨 일인가요?"

유운려가 고개를 갸웃거리며 물었다. 사라도 놀란 눈을 깜박거리며 백현을 보았다. 백현은 유운려를 향해 꾸벅 머리를 숙였다.

"스승님께서 등선하셨습니다."

"……아."

백현의 말에 유운려가 작은 탄성 소리를 냈다. 그녀는 들고 있던 젓가락을 내려놓더니, 잔잔한 미소를 지으며 고개를 끄덕거렸다.

"……그렇군요. 무신마가 등선을…… 그의 미련이 드디어 이루어졌군요. 그렇다는 것은, 백현. 당신이 무신마가 만족할 정도의 성취를 이루었다는 것이겠군요."

"어쩌다 보니 그렇게 되었네요."

"훌륭해요. 하지만 당신에게는 조금 슬픈 일이겠지요. 스승을 떠나보낸 것이니……."

"좀 울긴 했지만 괜찮습니다."

백현은 그렇게 대답하고서 사라를 돌아보았다. 오가는 말을 통해 사라는 상황을 이해하고, 굉장히 혼란스러워하고 있었다.

그녀는 벌린 입을 다물지 못하고 가늘게 어깨를 떨었다.

"그…… 그러면, 이제 도원경을 떠나는 거야?"

"응."

"자, 잠깐. 이렇게 빨리? 오늘 바로? 아까 전에 나랑 얘기했었는데?"

"나도 이렇게 빨리 갈 줄 몰랐어."

"왜 아까는 말 안 했어?"

"아까만 해도 오늘 이렇게 될 줄 몰랐거든."

백현의 대답에 사라의 눈동자가 파르르 떨렸다.

"너, 너무 갑작스럽잖아! 최소한 마음의 준비라도……."

"마음의 준비가 왜 필요해?"

"난 필요해!"

"미안한데 네가 마음의 준비할 시간은 못 줄 것 같아. 그러니까, 너도 열심히 수행하고 스승님 잘 보내 드려."

"이…… 이이……."

사라는 뭐라 말을 잇지 못하고 입술을 뻐끔거렸다. 그녀의 두 눈에 그렁그렁 눈물이 차올랐다.

'왜 우는 거야?'

백현은 그런 생각을 하면서 말했다.

"나중에 말이야, 네가 마음이 안 바뀌어서 정말 내가 사는 세계로 올 거면. 그…… 뭐냐."

사는 집 주소라도 불러주고 싶었는데, 아무래도 그건 의미가 없을 것 같았다. 주소라고 해봐야 고시원 주소인데, 백현은 고시원에서 계속 살 마음이 없었다.

"……그래. 대한민국 강남역에 가서, 지나가는 사람 붙잡고 내 이름 말해주면서 아냐고 물어봐."

"네 이름……?"

"응."

"……강남역이 뭔지는 모르겠는데, 지나가는 사람이 네 이름을 어떻게 알겠어?"

"아마 알걸. 네가 언제 나올지는 모르겠지만, 아마 네가 나올 때쯤에는 적어도 우리나라에서는 내 이름 모르는 놈이 없을 테니까."

백현은 그렇게 말하며 히죽 웃었다.

5장
이런 말은 못 들었는데?

삐. 삐이. 삐이이. 삐.

눈을 뜨고서 가장 먼저 본 것은 새하얀 천장이었다. 오랫동안 눈을 감고 있어서인지, 두 눈이 조금 뻑뻑하게 느껴졌다. 백현은 잠시 천장을 보면서 천천히 숨을 삼켰다.

조금 전까지 보고 있던 광경. 있었던 장소. 이별한 이들.

'안녕히 가세요.'

여휘는 그렇게 말하며 백현을 원래 살던 세상으로 보내주었다. 사라는 결국 울었고, 유운려는 무운을 빈다며 웃었다. 그것으로 끝이었다.

'꿈…… 일 리가 없지.'

백현은 피식 웃으면서 몸을 일으켰다. 몸 안에서 뚜둑- 거리는 소리가 났다.

스승인 주한오는 떠나 있던 영혼이 본래의 육체로 돌아오면, 육체는 영혼의 형태를 따르게 된다고 했다. 백현은 그 말을 상기하며 자신의 몸을 내려 보았다.

'이 몸으로 돌아온 것은 5년 만이었지만, 도원경에 있을 때와 별 차이는 느껴지지 않았다.

'아니, 그런데 이건 뭐야?'

백현은 두 눈을 동그랗게 뜨고서 입고 있는 옷을 들추었다. 그가 입고 있는 것은 환자복이었다.

백현은 뜬 눈을 끔벅거리면서 주변을 둘러보았다. 누가 알려주지 않아도 알 수 있을 노골적인 병실의 풍경이 보였다.

그것도 꽤 비싸 보이는 1인실이었다.

삐, 삐, 삐.

옆에서 들리는 소리가 귀에 거슬려 고개를 돌리니, 심박을 재는 기계가 꾸준한 소리를 내고 있었다.

"이런 말은 못 들었는데?"

여휘에게 전해 들은 이야기는 현대에서의 시간이 5년 흘렀다는 것. 그 사이에 이 세상에 어비스라는 것이 나타나고, 매달 말일에 어비스의 구멍에서 괴물이 튀어나온다는 것뿐이다.

'……그러네. 가장 중요한 얘기를 안 해줬잖아.'

스승을 선계로 보낸 데다, 어비스에 대한 이야기에 워낙 놀라 물어보는 것을 잊어먹었다.

'5년 동안 내 몸은 어떻게 되어 있었던 거야?'

도원경에서 지내면서 그에 대한 고민을 해보지 않았던 것은 아니다. 단지, 환자복을 입고 비싸 보이는 1인실에서 눈을 뜰 것이라는 상상은 해본 적이 없었다.

우선 백현은 가슴팍에 붙어 있는 기계를 조심스레 뗐다. 그리고 상황 파악을 위해 침대에서 내려왔다.

"……설마 다른 몸으로 들어온 것은 아니겠지."

이쯤 되니 정말 그런 말도 안 되는 일이 일어난 것이 아닐까 하는 걱정이 들었지만, 벽에 붙은 거울에 비친 얼굴은 백현 자신의 얼굴이었다. 백현은 자신의 얼굴을 어루만지며 미간을 찡그렸다.

"나잖아."

그러니까 더 아리송했다. 도원경에서 돌아온 것은 좋은데, 왜 눈을 떠 보니 병원이란 말인가?

백현의 의문은 얼마 지나지 않아 해결되었다. 누군가가 다급히 이쪽으로 다가오고 있는 기척이 느껴졌기 때문이다. 아무래도 병실에서 일어난 이상을 깨달은 의사나 간호사가 달려오는 모양이었다.

그런데, 느껴지는 기척이 참 묘했다. 백현은 머리를 갸웃거리며 병실의 문을 돌아보았다.

얼마 지나지 않아 닫혀 있던 병실 문이 벌컥 열리더니, 놀란 표정을 한 의사가 급하게 뛰어들어 왔다.

의사는 기다렸다는 듯이 문 쪽을 보고 서 있는 백현을 보고서 화들짝 놀라 멈춰섰다.

"어, 어떻게? 환자…… 백현 씨? 어떻게 눈을…… 아, 아니, 몸은? 몸은 괜찮…… 맙소사……!"

의사가 말을 끝까지 잇지 못하고 더듬거렸다.

"……어, 음. 전 괜찮아요."

"……정말 괜찮으신 거죠?"

백현의 대답에 의사가 걱정스러운 얼굴로 물었다. 백현은 고개를 끄덕거리면서 의사를 살폈다.

기척에서부터 느꼈던 이질적인 기운의 정체를 파악하기 위해서였다. 그녀의 몸 안에는 내공과는 다른 어떠한 '힘'이 느껴졌다. 아무래도 저것이 어비스의 군주에게서 받는다는 '힘'인 모양이었다.

"……저기, 제가 상황 파악이 잘 안 돼서 그러는데. 제가 왜 여기 있는 거예요?"

"아…… 무리도 아니죠. 백현 씨는 5년 전부터 식물인간 상태였어요."

"……식물인간이요?"

"네."

의사는 그렇게 말하면서 인텔리한 표정을 지으며 코에 걸친 안경을 살짝 올렸다.

본판이 꽤 예쁜지라 뭘 해도 그림이 되었다. 하지만 백현은 자신이 처해 있던 경악스러운 현실을 알게 되어 아무런 감상도 느낄 수가 없었다.

"많이 당황하신 것은 이해합니다만……."

"자…… 잠깐, 잠깐만요."

"혹시 어디 불편하신가요?"

"아니…… 불편한 곳은 없는데요. 아주 멀쩡…… 건강해요. 네."

백현은 그렇게 중얼거리면서 침대에 가서 털썩 앉았다.

"그러니까, 제가 알아들을 수 있도록 설명 좀 해주시겠어요?"

빌어먹을 여휘.

백현은 어비스에 대한 이야기만 해준 이무기를 떠올리며 주먹을 꽉 쥐었다.

의사의 이름은 이희주라고 했다. 이희주는 백현이 식물인간이 된 이유를 알려주기 전에, 백현이 식물인간이 된 동안 이세상에 벌어진 일에 대해 먼저 설명해 주려 했다.

"어비스가 뭐냐면……."

"아니, 그건 나중에. 내가 식물인간이었다고요?"

어비스가 뭔지는 이미 알고 있으니 더 들을 필요는 없었다. 어비스에서 살아가는 종족이 바깥으로 이주해서 산다는 것은 꽤 신기하게 들렸지만, 생각해 보면 인간도 어비스에 들어가고 나오고 하는데 어비스에서 사는 종족이 바깥으로 나오지 못할 이유가 뭐 있나 싶었다.

"……네. 백현 씨는, 5년 전…… 그러니까 2017년 7월 3일, 오후 9시경. 버스에서 정신을 잃고 쓰러지셨습니다. 같은 버스에 타고 있는 시민의 신고로 병원으로 이송되었지만, 쓰러진 원인은 파악할 수가 없었어요."

그 날은 백현도 기억한다. 아르바이트를 끝내고 퇴근해 고시원으로 돌아가던 길. 여휘에 의해 도원경으로 영혼만 소환되었던 날이다.

"그 후로 백현 씨는 쭉 의식을 잃고 식물인간 상태로 살아계셨습니다."

"……허허."

이희주의 말을 들은 백현은 어이가 없어서 웃을 수밖에 없었다. 사실 어쩔 수 없는 일이었다.

도원경에 들어갈 수 있는 것은 육체가 아닌 영혼뿐이고, 영혼이 빠져나간 육체는 빈 껍데기가 되어 그대로 이 세상에 남아버린다. 만약 이 세상에서 백현의 육체가 사라져 버렸다면. 백현이 도원경에서 이 세상으로 귀환했을 때, 육체는 새로이 구성되었을 것이다.

하지만 운 좋게도 백현의 육체는 5년 동안 식물인간 상태로

나마 살아 있었다.

"내가 왜 여기에 있는 거예요?"

"네?"

백현의 질문에, 이희주의 눈이 동그랗게 떠졌다.

"좀 이상하잖아요. 갑자기 쓰러져서 식물인간이 되었다……. 그거야 뭐 알겠는데, 내가 왜 이 병원. 그것도 이렇게 비싸 보이는 1인실에 떡하니 누워 있는 거예요?"

"아……."

이희주는 뒤늦게 백현이 무슨 말을 하는 것인지 이해하며 쓰게 웃었다.

"……누가 병원비를 부담하고 있느냐, 그 말씀이시죠?"

"네, 제가 모아둔 돈이 좀 있기는 했는데, 그게 얼마 되지는 않거든요. 아무리 의료보험이 좋아도 언제 일어날지 모르는 사람을 이렇게 비싸 보이는 1인실에서 케어해 줄 것 같지는 않은데."

"……그건 그렇죠. 백현 씨의 입원이나 치료에 관련된 모든 비용은 다른 분이 책임지고 계십니다."

"누가요?"

이희주의 말에 백현은 의아함을 느낄 수밖에 없었다. 만약 그에게 부모나 다른 가족이 있었다면 모를 일이지만, 백현은 고아였다.

"서민식 씨입니다."

잘못들은 줄 알았다.

서민식. 모를 리가 없는 이름이다. 백현의 얇디얇은 인간관계 중 가장 오래 묵은 놈. 처음 들어간 고아원 때부터 같이 붙어먹은 불알친구. 백현이 열한 살 때 처음으로 싸웠던 상대. 같은 초등학교와 같은 중학교를 나왔고, 고등학교 때에는 헤어졌지만 꾸준히 연락을 주고받으며 틈이 날 때마다 만났던 놈이다.

"민식이 로또 맞았어요?"

백현은 어안이 벙벙해서 그렇게 물었다.

"그 새끼가 무슨 돈이 있어서…… 아니, 설마…… 민식이 죽었어요? 생명보험, 뭐 그런 건가? 유서로 나 돌봐달라고, 자기 보험금……."

"사고당하기 전에 드라마 많이 보셨나 봐요."

"아니, 말이 안 되잖아요. 민식이가 돈이 어디 있어? 걔도 나랑 별반 다를 것 없이 아르바이트나 하고 있었는데."

"백현 씨는 모르겠지만, 서민식 씨는 굉장히 유명한 분입니다."

이희주는 동요하는 백현을 진정시키며 차분한 목소리로 말했다.

"4년 전. 어비스가 나타났을 때, 많은 사람이 어비스에 들어가 기회를 움켜쥐었죠. 서민식 씨도 그중 하나였습니다. 서민식 씨는 어비스의 13군주 중 '템페스트'의 선택을 받아, 그 후로 꾸준히 어비스에서 능력과 힘을 성장시켰어요. 그리고 지금은 프리랜서 헌터로 활동하고 있습니다."

그 말에 백현의 입이 쩍 벌어졌다. 피시방 야간 아르바이트를 하면서 컵라면이나 끓이던 서민식이. 밤마다 심심하다고 카톡을 보내며 잠 못 자게 방해하던 그 서민식이, 모르는 사람이 적을 정도로 유명한 프리랜서 헌터가 되었다니.

'민식이가……'

사실 그것보다는, 서민식이 5년 동안 비싼 병원비를 대신 내주고 있다는 사실에 감동했다.

불알친구이기는 했지만, 결코 적은 돈이 아닐 텐데 그것을 선뜻 내주다니. 하물며 서민식은 여태까지 백현에게 술 한잔 제대로 산 적 없는 쪼잔한 놈이었다.

"……민식이 지금 어디에 있어요?"

"……백현 씨가 일어난 것을 보고 서민식 씨에게 연락을 했는데, 연락이 되지 않고 있습니다. 아무래도 어비스에 들어가 계신 것 같습니다."

"그래요? 그럼 저도 이만 가볼게요."

"잠깐요. 가긴 어딜 가요?"

자연스레 대화를 끝내고 몸을 일으키려는 백현을 이희주가 급히 붙잡았다.

"백현 씨는 5년 동안 식물인간 상태였어요. 사실, 저는 지금 백현 씨가 이렇게 저와 멀쩡하게 이야기를 나누고 있는 게 이해가 안 된다고요."

"……뭐 이런 일이 일어날 수도 있는 법이죠."

"아뇨, 일어날 수 없어요. 불과 몇 시간 전까지만 해도 백현 씨는 저 침대에 누워 있었고, 제가 백현 씨의 상태를 살폈었어요. 그런데……"

이희주는 말끝을 흐리면서 두 눈으로 백현을 위아래로 훑어보았다.

"……당황해서 알아보는 것이 늦었는데, 아까랑 많이 달라지셨네요."

"뭐가요?"

"몸이요. 의학과 마법으로 최대한 유지하기는 했지만, 지금 백현 씨의 몸은…… 5년 동안 식물인간으로 살다가 조금 전에 일어난 사람이라고는 도저히 생각할 수 없을 정도예요. 도대체 무슨 일이……"

"기적이라도 일어난 거겠죠."

"……일단 정밀검사를 해보죠."

"알았어요."

백현은 순순히 머리를 끄덕거리면서 몸을 일으켰다.

"그런데, 그전에 뭐 좀 먹으면 안 될까요? 배가 고픈데."

"검사가 끝날 때까지 참으세요."

이희주가 쌀쌀맞은 얼굴로 대답했다. 백현은 쩝- 하고 입맛을 다시며 침대에서 몸을 일으켰다. 그는 병실을 휘휘 둘러보다가 창가 쪽으로 다가가 밖을 내려 보았다. 일인실이라서 그런지 전망이 아주 좋았다.

몇 층 정도 될까. 못해도 10층은 넘을 것 같았다. 백현은 창밖을 내려 보다가, 문득 생각난 것처럼 물었다.

"아, 그런데. 저 쓰러졌을 때, 제가 가지고 있던 것들은 어떻게 됐어요? 핸드폰이나 지갑이나……."

"백현 씨 소지품이요?"

"네."

"그건 저기 옷장 안에 있어요. 서민석 씨가 절대로 버리면 안 된다고 당부하셔서요."

그 말에 백현은 피식 웃었다. 서로 가진 것이 없던 때라서 그런 것이겠지. 백현은 이희주가 가리킨 옷장으로 다가갔다.

문을 열어보니, 5년 전에 아르바이트를 끝내고 돌아오면서 입고 있던 옷가지가 옷걸이에 걸려 있었다. 백현은 손을 뻗어 옷을 만져보았다.

시장에서 사다 입은 검은색 반팔 티와 반바지. 5년이나 지났는데도 옷은 그대로였다.

바지 주머니가 불룩하길래 만져보니, 지갑과 핸드폰도 그대로 있었다.

'민석이한테 여러 가지로 빚을 많이 졌네.'

백현은 그런 생각을 하면서 이희주를 힐긋 돌아보았다.

"저기요."

"네?"

"미안해요."

"뭐가 미안하다는……."

이희주의 말이 끝나기도 전이었다. 백현은 옷장 안에 있는 옷을 잡아 들더니, 창가 쪽을 향해 달리기 시작했다.

설마 백현이 그런 미친 짓을 벌일 것이라고는 상상도 하지 못한 이희주의 두 눈이 크게 떠졌다.

"배, 백현 씨?"

백현은 대답하지 않았다. 그가 창가로 달리기 시작했을 때, 닫혔던 창문은 백현을 환영하듯 활짝 열렸다. 이희주는 급히 손을 뻗었다. 그녀의 등 뒤에서 녹색 바람이 일어나 백현의 몸을 붙잡으려 들었다. 하지만 고작 바람에 붙잡힐 백현이 아니었다. 그는 겁 없이 창밖으로 몸을 날렸다.

"꺄아아악!"

이희주의 비명이 들렸다. 백현은 다리를 휘적거리며 아래로 추락했다. 그는 아래를 보지 않고 먼 곳을 보았다.

도원경의 회색 하늘과 다르게 서울의 하늘은 푸르렀고, 그 아래에는 활기찬 도시가 펼쳐져 있었다.

"햐."

짧은 탄성과 함께, 백현의 발이 발판 없는 허공을 뛰었다.

지갑에는 현금이 조금 있었고, 다행히 카드도 정지되지 않았다. 핸드폰은 배터리가 다 되어 있었기에, 어차피 5년이나 지난 거 근처 대리점을 찾아가 최신 핸드폰을 하나 구입했다.

어차피 저금한 돈도 꽤 있었고, 현대사회에서 살아가기 위해서 핸드폰은 필수였다.

새로 산 핸드폰이 개통되는 것을 기다리는 사이에 근처의 국밥집에서 설렁탕을 먹었다. 현대에서의 기념비적인 첫 끼로는 여러모로 궁하긴 했지만, 백현은 설렁탕을 좋아했다.

식사를 마치고 돌아오니 핸드폰이 개통되어 있었다. 백현은 대리점을 나와, 근처를 목적 없이 걸으며 모바일 인터넷 페이지에 들어갔다. 도원경에서 잊고 지냈던 문명의 이기를 새삼 누리게 되니 감회가 새로웠다.

"서민식……."

친구의 이름을 검색해 보았다. 백현은 떡하니 뜨는 프로필을 보고 말문이 막혔다.

시원시원한 미소를 짓고 찍은 사진. 그 아래에 적힌 이름 석 자와 생년월일, 키, 몸무게, 소속 길드 없음……. 줄줄이 달려 있는 연관 검색어를 보며 백현은 헛웃음을 흘렸다.

"새끼, 출세했네."

백현은 그렇게 중얼거리며 애초의 목적이었던 어비스의 위치를 검색했다. 4년 전 나타난 어비스는 세계 곳곳에 흩어져 있었고, 한국에는 강원도 화천 쪽에 위치해 있었다.

'화천…… 가본 적 없는 곳인데. 뛰어가야 하나?'

어비스는 들어오는 사람을 거부하지 않는다. 하지만, 두 번째야 별 상관이 없다지만, 처음 어비스에 들어갈 때는, 반드시 어비스가 있는 곳으로 가야 한다. 별생각 없이 어비스에 가는 법, 이라고 검색을 해보니, 가는 버스가 있었다. 그것도 꽤 많았다. 삼십 분에 하나꼴로 터미널에서 버스가 운행 중이었고, 심야 버스까지 있었다.

"버스 타자."

한 번도 가본 적 없는 곳이다. 버스를 타고 가는 것보다는 지도 앱을 켜고 경공을 펼쳐 가는 것이 빠를 것 같기도 했지만, 백현은 얌전히 택시를 잡아 동서울터미널로 향했다. 20년 만에 돌아온 세상이니 문명의 이기를 누려보고 싶었다.

가장 이른 시간의 버스에 타서, 창가 자리에 앉아 핸드폰을 뚫어져라 보았다.

아는 것이 없으니 이것저것 검색해서 머릿속에 집어넣어야 했다. 어비스는 들어오는 사람을 거부하지 않지만, 전 세계에는 '어비스 관리국'이라는 것이 있다. 처음 어비스에 들어가는 사람은 어비스에 들어가기 전에 관리국에 들러 어비스에 출입함을 신고해야 한다.

'신분증만 있으면 된다니까 그건 됐고.'

백현이 신기함을 느낀 것은, '어비스에 들어가는 법' 자체였다. 사실 백현은 그 커다란 구멍 속으로 뛰어드는 것을 상상했었는데, 실상은 그런 무식한 방법이 아니었다.

어비스를 '보는 것'.

그것이 어비스에 들어가는 방법이었다. 깊게 뚫린 그 구멍을 보고 있으면, 마치 어디론가 빨려 들어가는 것만 같은 기분을 느끼고…… 가고 싶다, 고 바라면 자연스레 어비스 안으로 이동하게 된다는 것이다.

튜토리얼.

어비스에 처음 들어가는 사람은, 모두가 예외 없이 튜토리얼을 진행하게 된다. 튜토리얼의 내용은 랜덤으로 출현한 괴물, 몬스터와 싸우며 앞으로 나아가는 것이다. 그 튜토리얼을 어떻게 진행하느냐에 따라, 어비스 13 군주의 선택을 받을 수 있다. 물론 모두가 군주의 선택을 받는 것은 아니다.

튜토리얼을 처참하게 진행한다면 그 어떤 군주의 선택도 받지 못할 수도 있다.

게다가, 군주의 선택이라고 해서 모두가 똑같은 것은 아니다. 단순히 '선택'만 받느냐, '권능'의 일부를 받느냐. 만약 권능의 일부를 받는 것에 성공한다면, 정말 인생이 바뀌는 것이다.

그리고 튜토리얼의 기회는 한 번뿐이다. 거기서 선택한 군주는 절대로 바꿀 수가 없다.

'이거 꼭 RPG 게임의 직업 같네.'

백현은 피식 웃으며 생각했다. 그 때문인지, 인터넷에는 원하는 군주를 저격하는 팁이 넘쳐났고, 그에 관련된 인터넷 강의나 참고서까지 팔리고 있었다.

심지어 판매 도서 중 베스트셀러는 미국의 헌터 중 가장 유명할 뿐만 아니라 최초로 군주의 '사도'가 된 드레이브가 저술한 '퓨어세인트의 미천한 종복'이라는 자서전이었다.

호기심이 일어 찾아보니, 이 자서전을 읽고 튜토리얼에서 '퓨어세인트'를 저격할 수 있었다는 후기가 가득했다.

"……13 군주라…….."

백현은 창밖을 바라보며 중얼거렸다. 여휘에게 어비스에 대한 이야기를 처음 들었을 때부터, 어비스를 다스린다는 13 군주들이 과연 어떤 존재일까 하는 궁금증이 들었다.

세상에 어비스가 나타난 후로, 세상 사람들은 어비스가 과연 무엇이고, 왜 이 세상에 나타났으며, 왜 매달 말일마다 괴물들을 쏟아내는지. 왜 어비스를 다스리는 13 군주는 어비스에 들어온 사람들에게 힘을 주는지 알아내려 용을 썼다.

하지만 4년의 시간이 흘렀음에도 어비스에 대해서는 거의 아무것도 알아낼 수가 없었다. 13 군주는 여전히 미지의 존재들이었고, 그들이 왜 인간에게 힘을 주는지, 어비스가 왜 이 세상에 나타났는지, 왜 괴물이 쏟아져 나오는지조차도 밝혀지지 않았다.

"크흠."

옆에서 들린 헛기침 소리에, 백현은 고개를 돌렸다.

"아, 안녕하세요."

"뭐예요?"

"아니, 그냥…… 가는 길에 말동무나 하자고요."

뿔테 안경을 쓴 남자가 백현을 보고 웃으며 말했다. 아무래도 백현이 중얼거린 말을 들은 모양이었다.

"몇 살이에요?"

"어…… 그러니까…… 스물여섯이요."

"그래요? 그런데 이제 어비스에 가세요?"

뿔테 안경이 조금 놀란 표정을 지었다.

"전 딱 스무 살이에요. 스무 살 전에는 어비스 못 들어간다는 엿 같은 법 때문에 여태까지 못 들어갔다가, 이번에 들어가 보려고요."

뿔테가 묻지도 않은 말을 하면서 투덜거렸다.

"형은 누구랑 계약하려고요? 전 템페스트랑 계약하고 싶어요. 서민식 멋있잖아요. 그쵸?"

"아, 예."

"템페스트 저격하는 팁이랑 강의도 다 찾아봤어요. 권능만 얻으면 진짜…… 이딴 버스 돈 줘도 안 탈 텐데."

"버스 안 타면 뭐 타고 다니게요."

"타고 다닐 거야 많죠. 슈퍼카를 타던, 아니면 개인 기사를 고용하던가…… 스타 헌터 중 누구더라? 어떤 놈은 아예 어비스 근처에 별장 세워놓고 말일에 몬스터 나올 때마다 별장에서 파티 연대요. 수영장도 있고…… 아, 헬기나 전용기 사서 말일에 어비스로 날아가는 놈들도 있어요. 그건 좀 오버 같지 않아요? 돈지랄도 정도껏 해야지."

백현은 시큰둥한 얼굴로 뿔테를 보았다. 대답 없는 백현을 보며 괜스레 말문이 막힌 뿔테가, 어색한 웃음을 지으며 물었다.

"……그런데 형은 여태까지 어비스 안 들어가고 뭐 했어요?"

"그냥요."

"……뭐 원하는 군주 있어요?"

"없어요."

"……그냥 아무나 다 좋은 거예요?"

"자라, 좀."

백현은 작게 투덜거렸다. 그 말이 끝났을 때, 뿔테의 고개가 푹 숙여졌다. 손조차 움직이지 않고 기를 튕겨 뿔테의 혈도를 점해 버린 것이다. 백현은 새근새근 잠든 뿔테를 힐긋 보고서는 다시 핸드폰을 내려다보았다.

"이제 좀 조용하네."

백현이 필요한 정보를 머릿속에 욱여넣는 동안 버스는 화천의 어비스 출입소를 향해 달렸다. 2시간 넘게 달린 버스는 화천의 어비스 출입소에 도착했다.

어비스는 지름 5㎞에 달하는 거대한 구멍이다. 어비스 관리국은 어비스 외곽에 몇 겹에 달하는 높은 벽을 빙 둘러 쌓았다. 그것은 얼핏 보면 엄청나게 높은 돔을 연상시켰다. 어비스 출입소는 그 벽 안에 있었다.

"백현. 스물여섯 살."

카운터 너머의 어비스 관리국 직원은 무뚝뚝한 얼굴로 백현을 위아래로 훑어보았다.

"여태까지 어비스에 안 들어가고 뭐 했어요?"

"바빠서요."

"그래요?"

어비스가 나타난 지 4년이다. 특별한 능력 같은 것이 없어도 누구나 들어갈 수 있는 곳이고, 튜토리얼에서는 몬스터에게 죽어도 다시 부활한다. 그렇기 때문에 스물여섯 살에 어비스에 처음 들어간다는 것은 꽤 이례적인 일이었다.

"군대는 안 갔다 왔고…… 좋겠어요. 어비스 때문에 징병제도 폐지됐으니."

"타이밍이 좋았죠."

백현은 그렇게 중얼거리며 직원이 건네는 신분증과 서류를 받았다. 서류에는 간단한 인적사항과 심리검사 같은 것이 빼곡히 적혀 있었다.

"이런 것도 해야 해요?"

"어떤 사람이 들어가는지 정도는 알아야죠. 어비스 들어가서 사고 친 것이야 알 바 아니지만, 밖에서 사고 치면 골치 아파져요. 그걸 미연에 방지하고자 하는 거예요. 효과가 있는지는 잘 모르겠지만."

백현은 나름대로 솔직하게 심리검사를 작성했다.

"혹시 막, 이상한 충동 같은 거 느낀 적은 없죠?"

"무슨 충동이요?"

"지나가는 사람을 죽이고 싶다거나. 사람이 괴물로 보인다거나."

"없어요."

"어비스는 상식이 통하지 않는 곳이에요. CG가 아니라 진짜 몬스터들이 넘쳐나는 곳이고. 튜토리얼에서야 죽어도 죽는 게 아니지만, 튜토리얼 뒤에는 죽으면 진짜로 죽습니다."

"저도 찾아봤어요."

"아직 안 들어갔으니까, 아예 안 들어가는 것도 선택할 수 있다고 말해주려는 거예요. 어비스 들어가서 죽는 사람들이 얼마나 많은지 알아요? 괜히 다 어비스 들어간다고 헛바람만 차서, 일할 사람이 없……."

"들어가고 싶으면 들어가는 거죠."

"……그거야 그렇지만. TV나 그런 곳에서는 어비스 들어가서 잘나가는 사람들만 조명하잖아요. 실상은 그렇지 않아요. 어비스 들어가서 헌터 시작한 사람 중 절반 이상은 월 오십, 심하게는 그것도 못 벌어요. 그런 주제에 제2의 서민식, 박준환, 정수아를 꿈꾸면서 시간과 목숨을 낭비하고 있죠."

백현은 직원의 말을 들으면서 계속해서 펜을 움직였다.

"……도전하는 것 자체가 헛수고라고 말하는 것은 아니에요. 매달 말일마다 몬스터는 계속해서 튀어나오고 있고, 지금 잘나가는 헌터들이 계속 살아 있을지도 장담할 수 없는 것이 현실이니까요. 그러니 꾸준한 후발 주자가 있어야 하지만…… 백현 씨는 아무래도 나이가……."

"제가 뭐 다 늙은 것도 아니고, 스물여섯 살이면 한창 아닙니까."

"백현 씨 말고 들어갈 어린 애들은 많다는 거죠."

"저 말고 들어갈 애들은 많지만 저만한 사람은 없을걸요."

백현은 그렇게 대답하며 다 적은 서류를 넘겨주었다.

"이제 끝났죠?"

"……어…… 예."

직원의 떨떠름한 대답을 듣고서, 백현은 몸을 일으켰다.

엘리베이터를 타고 출입층으로 이동했다. 그곳에는 백현처럼 수속을 마치고 온, 처음으로 어비스에 들어가게 될 사람들이 긴장이 역력한 표정으로 서 있었다.

"제발, 제발. 템페스트……"

"퓨어세인트…… 퓨어세인트……"

사람들은 원하는 군주의 이명을 중얼거리면서 긴장을 삼켰다. 몇몇 이들은 참고서나 자서전, 핸드폰을 부릅뜬 눈으로 보기도 했다.

튜토리얼은 한 번 하면 끝이다. 즉, 이것은 처음이자 마지막인 기회인 것이다.

백현은 아무 관심 없었다. 그는 설렁설렁 걸어 사람들을 지나쳤다. 그렇게, 백현은 사람들이 '보지 않으려고 한' 거대한 유리 벽 앞에 섰다.

유리 벽 너머. 그곳에 4년 전 이 세상에 돌연히 나타난 거대한 심연이 존재하고 있었다.

겹겹이 세운 높은 벽은 매달 말일 튀어나오는 몬스터가 혹여 바깥으로 나가지 못하게 가로막기 위함이다. 물론, 이 벽은 어비스에 바짝 붙어 있지 않았다. 백현은 아래를 힐긋 보았다. 어비스와 벽 사이에는 여유 공간이 꽤 많았다.

어비스에서 몬스터가 튀어나오면, 저 아래에서 대기하고 있는 헌터들이 몬스터를 해치운다.

한국뿐만이 아니라, 전 세계가 여태까지 4년간 그렇게 해왔다.

어비스의 출현과 몬스터가 쏟아져 나온 초기에는 헌터가 아닌 군대와 현대 병기가 몬스터와 싸웠다고 한다.

하지만 어비스에서 힘을 얻은 헌터들의 숫자가 늘어나자, 몬스터와 싸우는 것은 군대가 아닌 헌터의 몫이 되었다.

군대라는 집단과 병기는 움직이고 사용하는 것만으로 어마어마한 돈이 들지만, 헌터는 그에 비해서 상대적으로 저렴했다.

'돈도 벌어야지.'

5년간 서민식이 병원비를 내주었다. 친구라고 떼먹을 생각은 없었다. 이자까지 전부 쳐서 갚아줄 생각이다.

사람들이 목숨을 걸어가며 어비스에 들어오는 것에는 그만한 이유가 있다. 결국은 '돈'이다.

"……자아."

백현은 한 번 심호흡하고서, 어비스를 들여 보았다.

"가볼까."

긴장도 두려움도 없이, 흥미와 호기심으로 무장하고서. 백현은 어비스의 안으로 향했다.

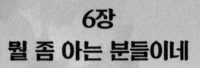

6장
뭘 좀 아는 분들이네

[어비스에 오신 것을 환영합니다.]

[어비스의 군주들이 당신의 힘을 시험하고자 합니다.]

[튜토리얼이 시작됩니다.]

　조금 전까지는 유리 벽 너머에 서서 어비스를 보고 있었는데, 어느새 백현은 어둠 속에 서 있었다. 그리고 어둠이 울리며 저런 소리가 들렸다. 남자인지 여자인지 알 수 없는 목소리였다. 여기까지는 백현이 버스에서 집어넣은 정보대로였다.

　"시험이라!"

　지나간 말에 백현은 히죽 웃었다. 학교 다닐 적에는 시험이라는 말이 참 싫었다. 공부에 아예 손을 놓은 것은 아니었지만, 사는 것조차 빠듯하다 보니 공부에 매진할 수가 없었기 때문이다.

지금 와서 생각해 보면 결국 그 또한 변명거리에 지나지 않았지만, 이러니저러니 해도 '시험'은 부담스러워 싫어할 수밖에 없었다.

하지만 지금은 아니었다. 시험이라는 말을 들으니 가슴이 두근거리기 시작했다. 아니, 가슴은 어비스에 들어오기 전부터 두근거리고 있었다. 여휘에게 어비스에 대해 처음 듣고, 이 세상에 어비스라는 것이 생겼음을 납득했을 때부터 두근거렸다.

과연 이곳에 무엇이 있을지. 이곳에 있다는 몬스터나, 어비스의 군주들이 어떤 존재일지. 그에 대한 호기심을 참을 수가 없었다.

'기적'이 먼저 나타났고 조금 늦게 '냄새'가 나타났다. 고약한 악취에 백현은 코를 킁킁거렸다.

소리끼리 뒤섞인 괴음과 함께 몬스터들이 모습을 드러냈다. 백현은 그 몬스터의 이름 따위는 알지 못했다.

등장한 몬스터는 모두 다섯 마리였고, 사람이 아니라 짐승……사실 짐승이라 하기에도 애매하고 흉측한 형태를 하고 있었다.

백현은 기대감 어린 눈으로 몬스터들을 보았다. 튜토리얼에서 등장하는 몬스터는 랜덤이다.

하지만, 핸드폰으로 찾아본 정보로는 나타난 몬스터를 '어떻게' 상대하느냐에 따라, 13 군주의 선택을 받을 수 있다고 했다. 즉, 튜토리얼에서 보이는 행동 성향에 따라 군주의 선택을 받을 수 있다는 것이다.

물론 백현은 그딴 것을 신경 쓸 생각은 없었다. 대부분의 사람은 어비스에 들어와 처음 몬스터를 마주하고, 긴장과 공포를 느낀다. 튜토리얼에서는 죽어도 죽지 않는다. 단, 죽게 되면 그것으로 튜토리얼이 종료된다. 사실 그것 때문에 처음 어비스에 들어온 사람은 긴장하고 신중하게 될 수밖에 없다.

당연히 백현에게는 해당되지 않는 말이었다. 몬스터를 보는 것은 그 역시 처음이었지만, 백현은 평범한 사람이 아니었다. 지금 그의 머릿속에는 오직 하나의 호기심만이 가득했다.

'몬스터는 얼마나 강할까?'

[무기를 선택하시겠습니까?]

다시 목소리가 들렸다. 튜토리얼은 몬스터가 먼저 등장하고, 그다음에 무기를 선택할 수 있게 해준다. 적절한 무기를 골라 알아서 몬스터를 잡아보라는 식이다.

"아니."

대답은 이미 정해져 있었다. 백현은 대부분의 무기도 능숙하게 다룰 자신이 있었지만, 무기를 쓰는 것보다는 맨손 격투를 선호했다.

20년 동안 단 한 번도 무기를 들고 싸워 본 적이 없었다.

백현의 대답이 끝난 순간, 몬스터들이 일제히 달려들었다. 무기 잡을 시간까지 기다려 주다니, 흉측한 생김새와는 다르게 의외로 젠틀한 몬스터들이었다.

힘을 얼마나 쓰면 되려나?

백현은 그런 생각을 하면서 파천신화공을 운용했다.

백현의 파천신화공의 성취는 5성. 그가 파천신화공의 성취가 4성에 도달했을 때, 그는 마흔 살의 주한오를 쓰러뜨렸다.

스승인 주한오는 서른 살에 괴성이란 별호를 얻어 천하 이십대 고수가 되었고, 마흔에 천하오인(天下五人)이 되어, 처음으로 '무신마'라는 별호로 불리게 되었다.

이제부터는 네가 무신마의 별호를 잇거라.

'아직은 좀 무거울 것 같은데.'

백현은 스승이 등선하기 전에 남긴 말을 떠올렸다.

처음으로 무신마의 별호를 얻은 마흔 살 때의 스승을 쓰러뜨리기는 했지만, 아직 백현은 등선 직전의 스승을 이길 자신이 없었다.

우우웅.

주먹을 휘두를 필요도 없었다. 은은한 검은색 기류가 백현의 몸을 휘감았다. 몬스터들의 움직임은 백현에게 너무 느리게 보였다. 사실 저 정도 몬스터들에게는 내공을 쓸 가치도 없었다. 그냥 주먹을 휘휘 휘두르는 것만으로도 펑 터뜨려 죽일 수 있을 것이다.

그건 알았지만, 백현은 일단 파천신화공을 운용해 보았다. 힘이 어느 정도인지도 확인해 보고 싶었고, 어비스의 주인들이 어떤 반응을 보일지도 궁금했다.

콰아아앙!

백현을 중심으로 기의 폭발이 일어났다. 사방으로 터져 나간 검은 기류가 몬스터들의 몸을 흔적도 없이 소멸시켰다.

공간을 잠식하고 있던 어둠이 백현의 기에 침식되어 크게 출렁거렸다. 아주 약간의 내공을 사용한 것뿐인데도 이런 결과가 만들어졌다.

"……음."

백현은 작게 신음을 흘리면서 주변을 둘러보았다. 도원경에서는 싸웠던 상대가 원체 강했었다.

과거의 주한오도, 주한오의 기억으로 불러들인 무림의 고수들도. 심지어 설화봉 유운려의 제자인 사라조차도 찾아올 때마다 강해졌던 데다, 그곳 역시 죽음과 상처가 무의미한 곳이라 힘 조절을 할 필요가 없었다.

"앞으로는 조심해야겠다."

대학살을 일으키고 싶은 생각은 없었다. 백현은 주변을 휘휘 둘러보았다. 나타난 몬스터는 전부 죽었다. 원래대로라면 이것으로 튜토리얼이 끝나야 한다. 하지만, 백현은 어둠이 '웅성거린다'라고 느꼈다.

그리고 다시.

[어비스의 군주들이 당신의 힘을 시험하고자 합니다.]

아까 들었던 것과 같은 목소리가 들렸다. 이번에 느낀 기척은 아까보다 훨씬 많았다.

어둠 너머에서 몬스터들이 기어 나왔다. 수십 마리에 달하는 몬스터들이 이빨을 딱딱거리며 부딪쳤다. 전신이 비늘로 뒤덮였고 크기는 소형차만큼 컸다. 이빨도 뭐 그리 큰지 한 번 씹히면 아픔을 느낄 새도 없이 그대로 절명할 것이 틀림없었다.

저런 몬스터는 절대로 튜토리얼 수준이 아니다. 랜덤이라고 해도, 튜토리얼의 죽음이 진짜 죽음이 아니라고 해도. 게다가 백현은 이미 튜토리얼의 몬스터를 전부 죽였다.

"이야."

백현은 불평불만을 늘어놓지 않았다. 짜증도 느끼지 않았다. 오히려 이 상황에 즐거움을 느꼈다. 저런 괴물이 수십 마리나 있는 것을 보니, 이곳이 진짜 어비스 안이라는 것이 실감이 났다. 아까는 몬스터가 오는 것을 기다렸지만, 이번에는 백현이 몬스터를 향해 천천히 걸어갔다.

백현이 움직이자 몬스터들이 뛰어들었다.

입을 쩍 벌리고 달려드는 몬스터를 보면서 백현은 양손을 들어 올렸다. 이번에는 내공을 쓰지 않고 해볼 생각이었다.

몬스터의 움직임은 백현에게는 훤히 보였다. 물어뜯으려는 것을 가볍게 피하고 주먹을 휙 날리니, 몬스터의 몸이 통째로 터졌다.

주먹으로 때리고, 손바닥으로 치고, 발로 차고, 손가락으로 찌르고. 백현은 마음껏 날뛰었다. 수십 마리의 몬스터를 수십 개의 동작으로 죽여주었다. 당연히 상처 하나 입지 않았다. 한 마리 죽이는 것에 한 동작이면 충분했다. 사실 그럴 필요도 없었다. 하고자 한다면 이렇게 몸을 움직일 필요도 없을 것이다.

"쉽네."

백현은 손을 툭툭 털면서 중얼거렸다. 그는 시체의 한가운데에 서 있었다. 나타난 몬스터들은 그에게 너무 쉬운 상대였다.

다시 어둠이 웅성거렸다.

"다음은 없어?"

백현은 어둠 너머를 향해 목소리를 냈다. 도원경에서 수련했을 때와 다른 재미가 있어서, 기왕이면 더 해보고 싶었다. 하지만 아쉽게도 몬스터는 더 나타나지 않았다.

[튜토리얼이 종료되었습니다.]

우선 그런 목소리가 들렸다.

[용성군이 당신의 알 수 없는 힘에 감탄합니다.]
[흑장미의 여왕이 당신에게 소유욕을 갖습니다.]
[위치엔드가 당신의 힘에 큰 호기심을 갖습니다.]
[혈사자가 당신의 힘을 믿을 수 없는 일이라 놀랍니다.]
[하이로드가 당신의 존재에 큰 의문을 갖습니다.]
[템페스트가 당신의 파괴적인 행사에 경악합니다.]
[재생의 뱀이 당신이 전력을 내지 않았음에 웃습니다.]
[역천자가 당신이 드러내지 않은 힘을 파악하려 합니다.]
[아이언 메이드가 당신에게 흥미를 갖습니다.]
[암막의 주인이 당신을 살펴봅니다.]
[무령이 당신의 존재를 위험하다 생각합니다.]
[퓨어세인트가 당신에게 찬사를 보냅니다.]
[악몽의 결정자가 당신에게 의아함을 갖습니다.]

[어비스의 13 군주 전원이 당신에게 다수의 권능과 계약을 권

합니다.]

전대미문의 일이 일어났다. 튜토리얼에서 13 군주 전원이 한 명의 인간에게 권능과 계약을 권하는 것은, 어비스가 생긴 이 래로 처음 있는 일이었다.

특히 '흑장미의 여왕'이나 '역천자', '악몽의 결정자'는 어지간 해서는 권능은커녕 계약조차 권하지 않기로 악명이 높은 자들 이었다. 그들까지 반응을 보일 만큼 백현이 튜토리얼에서 보인 모습은 파격적이었다.

"뭘 좀 아는 분들이네."

백현은 흐뭇한 미소를 지으며 말했다. 이런 반응이 보고 싶 어서 아끼지 않고 힘을 선보인 것이다.

[어떤 군주를 선택하시겠습니까?]

목소리가 다시 들렸다.

"아무도 선택 안 해."

그리고 백현은 주저하지 않고 대답했다. 그렇게 하겠다고는 이미 도원경에서부터 생각하고 있었다. 백현에게 13 군주와의 계약이나 그들의 권능은 필요가 없었다. 백현은 군주들이 주는 힘과 비교해서 절대로 꿀리지 않을 힘을 이미 가지고 있었다.

파천신화공. 백현은 등선한 스승, 무신마 주한오가 남긴 말을 잊지 않았다. 이제부터는 백현이 무신마의 이름을 계승해야 했다. 백현은 스승이 완성하지 못한 파천신화공을 완성해야만 했고, 앞으로 천천히 무(武)가 무엇인가에 대한 답을 찾아갈 생각이었다. 그가 걷고자 하는 무도(武道)에 뭔지도 모를 어비스 군주들의 권능 따위는 필요 없었다.

[튜토리얼이 끝나면 다시는 군주들과 계약할 수 없습니다.]
[정말로 선택하지 않으시겠습니까?]

"안 해."
백현은 다시 한번 말해주었다. 어둠이 다시 웅성거렸다.

[13 군주들이 당신의 선택에 경악합니다.]
[몇몇 군주들이 당신의 무례함에 분노합니다.]
[몇몇 군주들이 당신에게 큰 흥미를 느낍니다.]

[흑장미의 여왕이 당신에게 메시지를 전합니다.]
[언젠가 흑장미성에 들러주세요.]
[무령이 당신에게 메시지를 전합니다.]
[넌 누구냐?]

[퓨어세인트가 당신에게 메시지를 전합니다.]

[성역(聖域)을 방문해 주십시오.]

[하이로드가 당신에게 메시지를 전합니다.]

[넌 정말 인간인가?]

······.

[튜토리얼이 종료되었습니다.]

[당신은 어떠한 군주도 선택하지 않았습니다.]

이 역시 이례적인 일이었다. 군주들이 직접 나서서 인간에게 메시지를 전하는 일은 전례가 없는 일이었다.

어비스가 나타난 후, 사도가 된 자를 제외하고서 군주들을 직접 만나 소통하는 것에 성공한 인간은 단 한 명도 없었다.

그런데 무려 네 명이나 백현에게 직접 메시지를 보냈고, 그중 흑장미의 여왕과 퓨어세인트 둘은 백현에게 자신을 만나러 오라고 초대하기까지 했다.

튜토리얼이 종료되면서 어둠이 사라지기 시작했다. 이제부터는 더 이상 군주들의 선택을 받을 수가 없다.

조금 전처럼 군주들과 관련된 목소리도 들을 수 없다. 백현은 어둠이 걷히는 것을 보며 앞으로 걸어나갔다.

튜토리얼이 끝나게 되면, 어비스에 들어온 전 세계의 모든 사람은 똑같은 도시에 도착한다.

판데모니움. 이 거대한 도시는, 이세계인 어비스의 정중앙에 위치해 있다. 어비스의 탐색은 이곳에서부터 시작이다.

"일단 등록부터 할까."

백현은 주변을 휘휘 둘러보며 두 눈을 빛냈다. 당연한 말이지만, 판데모니움에는 사람이 엄청나게 많았다.

'상태창'은 어비스에 들어오는 모든 사람이 쓸 수 있는 능력이다. 이것은 아주 간단하게, 자기 자신이 얼마큼의 능력을 가지고 있는지 '레벨'이라는 수치로 쉽게 표현해 준다. 하지만 이 '레벨'도 모두가 가지고 있는 것은 아니다. 레벨을 가질 수 있는 것은 어비스의 군주들과 계약한 사람뿐이다.

사람의 육체는 약하다. 무기를 들면 또 다른 이야기지만, 어비스에 현대의 무기를 가지고 오는 것은 불가능하다. 약한 몸뚱이를 가지고 어비스에서 살아갈 수 있는 이유는, 튜토리얼의 끝에서 어비스의 군주들과 맺는 계약 덕분이다.

하지만 계약이라고 해서 모두가 똑같은 계약인 것은 아니다. 수많은 계약자 중에서 선택받은 소수만이 군주에게 권능을 하사받고, 권능을 하사받은 이들 중 진정으로 인정받은 몇몇이 '사도'로 임명되어 군주와 알현하게 된다.

현재 전 세계에서 '사도'로 임명된 사람은 네 명뿐이고, 세 명이 사도로 임명되기 위한 시련을 진행 중이었다. 그리고 그중

170 1

한 명의 시련자가 작은 나라인 한국에도 있었다.

박준환. 그는 무령의 예비 사도로, 강력한 힘을 갖춘 헌터였다. 한국에서 가장 유명한 헌터를 꼽자면 서민식, 정수아, 박준환 이렇게 셋이 꼽히지만, 그중 서민식과 정수아는 동경의 대상이어도 박준환은 동경의 대상이 될 수 없다.

너무 높이 있기 때문이었다.

"무령이라."

백현은 북적거리는 판데모니엄의 거리를 터덜터덜 걸었다. 그는 개인적으로 박준환이라는 사람에게 흥미가 있었다. 정확히 말하자면, 그와 계약한 '무령'이라는 군주에게 흥미가 있었다.

튜토리얼의 끝에서, 무령은 백현의 존재를 위험하다 느꼈다고 메시지를 보냈었다. 또한, 백현에게 직접 메시지를 보내 누구냐고 묻기도 했었다. 그 굵은 목소리는 남자의 것이었고, 드러난 감정은 없다시피 해 파악할 수가 없었다.

하지만 위험하다 느꼈다는 것을 보면 경계심을 가진 것이겠지.

백현이 무령에게 흥미를 느낀 이유는 그가 보였던 경계심 때문은 아니었다.

백현은 어비스 출입소에 오기 전에 대중적인 정보 따위는 이미 핸드폰으로 파악해 두었다. 요즘 시대에는 대부분의 정보는 핸드폰을 조금 붙들고 있으면 알아낼 수 있다. 특히 박준환 정도의 유명인이라면 관련 영상도 유튜브에 썩어 넘친다.

백현도 박준환에 관련된 영상을 몇 개 보았다. 어비스에서야 영상 녹화가 불가능하지만, 현실에 나타난 몬스터를 쓰러뜨리는 영상은 많았다.

'그건 무공이었어.'

박준환이 몬스터를 쓰러뜨리는 데 사용한 것. 그건 틀림없는 무공이었다. 그러니 관심이 갈 수밖에 없다. 하지만 박준환은 만나고 싶다고 해서 쉽게 만날 수 있는 사람이 아니었다. 박준환은 현실에서 상주하는 시간보다 어비스에서 상주하는 시간이 더 긴 사람이다. 그렇다고 어비스에서 박준환을 찾아가자니, 그가 당최 어디에 처박혀 있는지 모르니 찾아갈 수도 없었다.

'언젠가는 만나겠지.'

무령이 백현에게 경계심을 보인 이상, 어떤 식으로든 액션을 취할 것이다. 어쩌면 박준환을 사용해 백현과 접촉을 해올 수도 있다. 백현은 내심 그러기를 바라면서 한국의 헌터 등록소에 들어섰다.

"어서 오세요."

헌터 등록소는 제법 한산했다. 어비스에 들어오는 사람은 많아도, 처음 들어와 헌터로 등록하는 사람은 그렇게 많지 않은 탓이다. 백현은 건성으로 인사하는 직원이 앉은 창구 쪽으로 다가갔다.

"헌터 등록을 하려고 하는데요."

"네, 그러시겠죠. 바깥 출입소에서 등록은 하셨죠?"

"당연히 했죠."

"이름이랑 생년월일 좀 알려주실래요?"

직원이 펜을 잡았다. 백현은 묻는 대로 꼬박꼬박 대답해 주었다. 출입소의 오지랖 넓던 직원이 묻던 것과 크게 다르지 않은 내용이었다.

"어떤 군주랑 계약하셨어요?"

"계약 안 했는데요."

백현의 대답에 직원의 펜이 멈추었다. 직원은 숙였던 고개를 천천히 들어 백현을 쳐다보았다.

"……그런데 여기 왜 왔어요?"

"헌터 등록하려고 왔죠."

"군주랑 계약도 못 했다면서요. 그런데 헌터 등록을? 지금 장난하는 거예요?"

"아뇨, 그런 거 아닌데요. 군주랑 계약 안 하면 헌터 등록을 못 한다는 법 같은 것은 없잖아요."

"……하, 그건 그런데. 이봐요, 백현 씨. 혹시 정신에 뭐 문제 있어요? 아니면 뭐, 자살 희망자예요?"

"아닌데요."

"그런데 헌터 등록을 왜 해요, 왜. 군주랑 계약 못 했으면, 그냥 얌전히 어비스 나가서 다른 일이나 찾아봐요. 요즘 일자리

많잖아요."

"그냥 등록이나 좀 해주죠?"

"군주랑 계약 안 했으면 권능…… 아니, 이게 권능이 문제가 아니지. 레벨도 없는데 몬스터를 대체 어떻게 잡겠다는 거예요? 그리고 헌터는 뭐 돈만 많이 버는 줄 알아요? 헌터가 매년 의무적으로 내야 하는 세금이 얼마인 줄은 알아요? 몬스터 잡아 돈도 못 벌 거면서 등록을 왜 해요?"

직원이 신랄한 목소리로 쏘아붙였다. 이 직원이 유별나게 싸가지 없는 것은 아니었다. 이것이 정상적인 반응이었고, 직원은 나름대로 백현을 걱정해 주는 것이었다.

약해 빠진 인간의 몸으로 어비스의 안에서 살아갈 수 있는 이유. 몬스터와 싸울 수 있는 이유는 어비스 군주와의 계약 때문이다. '레벨'은 군주가 계약한 인간에게 부여하는 성장 보정에 밀접한 관련이 있는 어드밴티지였다.

헌터는 몬스터를 잡음으로써 군주에게 자신의 실력을 증명하고, 그에 대한 보상으로 레벨이 오른다.

그 레벨이 오름에 따라 헌터의 육체는 인간의 한계를 뛰어넘는 강함을 가질 수 있게 되는 것이다. 헌터에게 있어서 레벨은 강함의 척도라고 할 수 있었다.

물론 튜토리얼을 끝냈을 때부터 권능을 부여받은 헌터가 레벨을 쉽고 빠르게 올릴 수 있는 것은 당연한 일이었고, 권능이 없다 해도 필사적으로 레벨을 올리다 보면 계약한 군주의 눈에 들어 권능을 부여받는 일도 있었다.

하지만 아예 군주와 계약하지 못했다면. 당연히 레벨이라는 성장 보정의 혜택을 받을 수가 없다.

"돌아가세요."

직원이 작성하는 서류를 양손으로 잡아 들었다. 백현이 보는 앞에서 서류를 찢으려는 것이다. 그것을 보는 백현의 눈썹이 살짝 찡그려졌다.

"거참."

직원의 몸이 정지했다.

말 그대로 '정지'였다. 직원은 두 눈을 휘둥그레 뜨고서 백현을 바라보았다. 그는 자신의 몸에 일어난 일이 무엇인지 이해할 수가 없었다.

"그냥 좀 써줘요. 계약하자는 군주 많았는데 내가 안 한 거고, 레벨이나 권능 그런 거 없어도 알아서 잘할 자신 있어서 등록하려고 온 거니까."

"어…… 어어……."

"빨리."

직원의 손이 삐걱거리며 움직였다. 머리로는 이해할 수 없었지만, 그라는 인간은 이미 백현이 내비치는 기세에 압도되어 백현의 말을 거역하지 못하고 있었다. 직원은 더 이상 뭐라 하지 못하고 백현의 서류를 작성해 주었다.

"지갑은요?"

"네…… 네."

직원이 머뭇거리며 창구 안쪽으로 손을 집어넣었다. 그가 꺼낸 것은 묵색의 팔찌였다.

"사…… 사용법은 아십니까?"

"알아요. 오는 길에 찾아봤어요."

백현은 씩 웃으며 대답했다. 팔찌는 백현의 손목보다 컸지만, 채우고 나자 알아서 손목의 크기에 맞게 줄어들었다.

이 팔찌가 어비스와 현실에서 쓸 수 있는 '지갑'이었다. 어비스에서 나타나는 몬스터를 죽이면 '인벤토리'에 '코인'이 쌓인다. 그리고 현실에서 팔찌를 통해 인벤토리의 코인을 확인하여, 현실의 정산소에서 환전할 수 있었다.

"이거로 끝이죠?"

"예……"

직원이 떠는 목소리로 대답했다. 백현은 그를 향해 웃어 준 뒤에 등록소를 빠져나왔다.

이런 취급을 받게 될 것이라고 예상하기는 했지만, 실제로 당하게 되니 픽- 하고 웃음이 나왔다. 군주와 계약하지 못했다는 것. 레벨이 없다는 것. 백현이 자초한 일이기는 했지만, 계약도 레벨도 없는 헌터는 남들이 보기에는 튜토리얼에서 아무

두각도 보이지 못한 허접쓰레기일 뿐이다.

'뭐 어때?'

계약하지 않은 것에 아깝다는 생각은 전혀 하지 않았다. 백현은 팔찌를 흔들며 거리를 걸었다. 그러면서 자신의 상태창을 확인해 보았다.

이름: 백현.

그게 끝이었다. 군주와 계약했다면 이름 아래에 좀 더 많은 항목이 붙었겠지만, 계약하지 않았으니 상태창에는 이름 하나만 달랑 있었다.

[상점에 오신 것을 환영합니다.]
[보유한 코인을 사용하여 아이템을 구입할 수 있습니다.]
[보유한 코인이 없습니다. 아이템을 구입할 수 없습니다.]

상점에도 들어가 보았지만 가진 것이 없으니 아무것도 살 수가 없었다.

"살 것도 없는데 뭐."

백현은 그렇게 중얼거리면서 상점창을 껐다.

판데모니엄은 넓다. 전 세계에서 어비스에 들어온 이들이 처음으로 오는 곳이니, 넓은 것이 당연하다. 그런 만큼 이곳에는 그 넓은 크기를 충당하기 위한 다양한 편의시설이 존재했다.

"처음이에요?"

워프 게이트의 앞에는 사람들이 줄을 서 있었다. 백현은 얌전히 줄에 서서 자신의 차례를 기다렸다. 판데모니엄의 워프 게이트의 사용료는 고맙게도 무료였다.

"네."

"아, 역시. 혹시나 해서 물어보는데, 권능 받았어요?"

"아뇨, 안 받았어요."

"하긴…… 권능 받았으면 여기서 이럴 리가 없겠지. 그런데 무기는요? 튜토리얼에서 무기 줬을 것 아니에요?"

"안 받았어요."

백현에게 말을 건 것은 커다란 코를 가진 외국인이었다. 백현은 간단한 영어 회화조차도 할 수 없었지만, 판데모니엄 안에서는 들어온 사람 모두가 '똑같은 언어'를 사용하기에 대화를 나누는 것에는 불편함이 없었다.

"그런데, 권능 받았으면 뭐. 다른 곳 가요?"

"서쪽 성문 쪽은 출현하는 몬스터가 제일 약하잖아요. 그렇다 보니 주는 코인도 얼마 안 되고, 레벨도 잘 안 올라요."

"그쪽은 처음이 아닌가 보네요?"

"제 레벨은 5입니다."

코쟁이가 가슴을 펴며 말했다.

"용성군과 계약했죠. 그쪽은 누구랑 계약했나요?"

"안 했어요."

"……."

백현의 대답에 코쟁이가 두 눈을 끔벅거렸다. 아까 전 등록소의 직원과 별반 다를 것 없는 반응이었다.

"그런데 여기서 뭐 해요?"

"다 똑같은 거 물어보네."

그 이후로 코쟁이는 더 이상 백현에게 말을 걸지 않았다. 그저 안쓰러운 눈으로 백현을 몇 번 힐긋거렸을 뿐이다.

오지랖을 부리는 것보다는 차라리 저렇게 나와주는 것이 마음 편했다. 그러는 중에 백현의 차례가 되었다. 사실 차례를 기다리는 것보다는 경공으로 뛰어가는 편이 더 빨랐을지도 모르지만, 백현은 '워프 게이트'라는 것을 한 번 사용해 보고 싶었다.

하지만 막상 해보니 별것 없었다. 활짝 열린 공간의 틈 사이로 걸어가고, 그것으로 끝이었다. 백현은 서쪽 성문에 서서 쯧- 하고 혀를 찼다.

백현이 서쪽 성문을 선택한 이유는, 코쟁이가 한 말처럼 약한 몬스터를 사냥하기 위해서가 아니었다.

백현은 어비스에 들어오기 전에 보았던, 어비스의 대략적인

지도를 떠올렸다. 판데모니엄을 중심으로 하여 서쪽. 그쪽으로 쭉 나아가다 보면, 퓨어세인트의 영지에 가까이 갈 수 있다. 메시지까지 보내며 와달라고 청한 것은 그쪽이다. 그러니 백현은 우선 퓨어세인트가 있는 곳으로 가볼 생각이었다.

'거리가 얼마나 될지는 가늠이 안 되는데.'

어비스는 굉장히 넓다. 문제는 단순히 넓은 것만이 아니라는 것이다. 어비스가 나타나고 인간이 어비스에 출입하기 시작한 지 4년. 아직 인간은 어비스의 전부를 알지 못한다.

군주 중에서 영지가 파악된 것은 사도를 두고 있는 퓨어세인트와 혈사자, 용성군, 악몽의 결정자와 예비 사도를 둔 무령, 아이언메이드, 위치엔드, 하이로드뿐이다.

백현은 열린 성문을 지났다. 많은 헌터들의 모습이 보였다. 왕지렁이. 성의 없는 이름이지만, 그 몬스터는 이름대로 팔뚝만한 크기의 지렁이다. 그 왕지렁이를 향해 무기를 휘두르며 잡고 있는 헌터들의 모습을 보고 있으니, 문득 그런 생각이 들었다.

'이거 꼭…… 초보자 사냥터 같네.'

아주 틀린 말은 아니었다. 판데모니엄 주변의 몬스터는 죽여도, 죽여도 계속 나타난다. 저 몬스터들은 어비스에서 '만들어지는' 것들이다.

'몬스터는 군주들의 통제를 벗어난 존재입니다.'

퓨어세인트의 사도, 드레이브가 한 말이다.

'몬스터들은 어비스가 낳은 것들이고, 몬스터들이 어비스 바깥으로 나오는 것 역시 군주들이 어찌할 수 없는 현상입니다.'

'그것은 우리 인간에게 내려진 시련입니다. 그리고, 군주들……나의 위대한 퓨어세인트는 확실하게 존재하는 신인 것입니다.'

'그들의 존재와 뜻을 의심하지 마십시오. 그들은 절대적인 선이며 인간을 위하는 존재입니다. 그들은 우리에게 그 무엇도 바라지 않습니다. 우리에게 힘을 주며, 우리가 시련을 극복하게 도와주는 그들을 신이 아니고 무엇이라 할 수 있겠습니까?'

그러니 더 만나보고 싶었다. 파천신화공을 완성하면 신이 될 수 있다고 했다. 드레이브가 말한 것처럼, 퓨어세인트나 어비스의 군주들이 정말로 신인지는 모르겠다.

하지만 그들이 적어도 신에 준한 존재인 것은 확실했다.

멀리 숲이 보였다. 죽여도, 죽여도 계속해서 나타나는 왕지렁이의 서식지를 지나서 나오는 숲. 사실 저곳부터가 '진짜' 어비스라고 할 수 있었다.

백현의 발끝이 들렸다. 그리고 땅을 박찼다. 꽈앙! 한 번 발로 땅을 걷어찬 것만으로 지진이 난 것처럼 땅이 뒤흔들렸다.

부지런히 왕지렁이를 잡던 헌터들이 놀라서 성문 쪽을 돌아보았을 때, 백현은 이미 그들을 지나쳐 저만치 앞을 달리고 있었다.

보통, 처음 어비스에 들어온 헌터는 판데모니엄에서 못해도 한 달 정도는 체류한다. 여러 가지 준비할 것이 많기 때문이다. 몬스터의 사냥에도 익숙해져야 하고, 레벨도 올려야 한다. 사실 가장 필요한 것은 장비다. 현실의 무기는 어비스로 가지고 올 수 없으니, 무기는 어비스에서 구해야 한다.

백현은 그럴 필요가 없었다. 사냥에 익숙해질 필요도 없었고, 레벨이 없으니 올릴 필요도 없었다. 무기를 살 필요도 없었다.

레벨도, 군주와의 계약도, 권능도, 무기도 없었지만 그에겐 무신마 주한오에게 배운 무공이 있었다.

처음 어비스에 들어갈 때는 무조건 어비스가 있는 장소로 가서, 어비스를 직접 봐야 한다. 이후에는 어비스가 있는 곳까지 갈 필요는 없다. 만약 일일이 어비스가 있는 곳까지 가야 했다면 굉장히 귀찮고 수고스러운 일이다.

서울에서 화천까지야 버스 타고 두세 시간이면 가니 상관없지만, 부산에서 사는 헌터는 무슨 개고생인가. 그것도 한국이니 그 정도지, 땅덩이 넓은 중국 같은 나라에서는 이동하는 것만 며칠이 걸릴 것이다.

'지갑'으로 쓰이는 팔찌는, 코인을 환전하는 목적뿐만이 아니라 헌터를 관리하는 목적으로도 쓰인다. 이 팔찌는 어비스의 물질과 마법 기술로 만들어진 것으로, 어비스 관리국은 팔찌를 통해 전 세계의 헌터를 관리하고 있다.

언제 어떤 헌터가 어비스에 들어가고 나오는지. 그 정도만 파악하는 것이 고작이지만, 관리 목적으로는 충분한 기능이었다.

"얼마나 쌓였지?"

백현은 인벤토리를 열어보았다. 인벤토리에는 코인이 꽤 많이 쌓여 있었다.

숲에 들어온 후로 덤벼드는 몬스터를 죄다 잡아버린 덕분이었다. 아이템류는 별 가치가 없어서 챙기지도 않았는데, 잡은 몬스터가 워낙 많은 탓에 쌓인 코인의 양이 상당했다.

'막상 돈은 별로 안 되네.'

출입소의 직원이 말한 것처럼, 대부분의 헌터는 월 오십도 벌지 못하는 것이 현실이다.

어쩔 수 없었다. 헌터는 많아도 너무 많고, 그중 태반은 권능도 갖지 못한 조무래기들이다.

인류에게 필요한 것은 매달 말일 어비스의 구멍에서 기어나오는 몬스터들을 잡아 죽일 수 있는 힘을 가진 헌터들이지,

무턱대고 어비스에 들어온 헌터들이 아니다

현재 백현이 있는 숲은 결국에는 판데모니엄 근처. 레벨 10의 헌터들이 사냥하는 곳이다. 이곳에서 아무리 몬스터를 사냥해 봐야 벌어들이는 코인은 많지 않다.

백현은 빠르게 그 사실을 인정했다. 숲에 들어와 시험과 재미 삼아 몬스터들을 잡아보긴 했는데, 이곳의 몬스터는 너무 약하고 돈도 안 벌린다. 이곳에 체류할 이유가 없다. 백현은 고개를 들어 먼 곳을 보았다.

성역을 방문해 주십시오.

백현은 그 말을 떠올리며 어비스를 나갈 준비를 했다. 나가고 싶다고 마음대로 나갈 수 있는 것은 아니다. 어비스를 나가기 위해서는, '나갈 수 있는' 장소, '게이트'로 가야만 했다. 보통 게이트는 판데모니엄 같은 거주 구역에 있지만, 이런 숲에도 게이트가 없는 것은 아니었다.

미지의 장소를 탐험할 때에, 가장 우선해야 하는 것은 게이트의 탐색이다. 언제 무슨 일이 생길지 모르니, 현실로 도망쳐야 할 곳을 우선해서 확보하는 것은 당연한 일이다. 이 숲도 이미 옛적에 조사가 끝난 곳이니, 게이트의 위치는 이미 탐색되어 있다. 백현도 이미 숲의 게이트가 어느 곳에 있는지는 확인을 해 둔 상태였다.

보통의 헌터는 게이트를 찾아가기 위해 지도를 사용한다. 지도야 상점에서 코인만 내면 구입할 수 있으니, 이미 조사가 끝난 지역에서 게이트를 찾지 못해 헤매는 일은 거의 없었다.

하지만 백현은 지도를 사용할 필요가 없었다.

기감(氣感). 백현은 숲의 기를 느꼈다. 어비스는 도원경과 비교해도 크게 부족하지 않을 정도로 기가 풍부한 곳이었고, 초목이 무성한 이 숲은 특히나 자연기가 풍부했다. 백현은 넘치는 기를 호흡하며 걸었다.

인위적으로 기의 흐름이 비틀린 장소. 백현은 기감을 통해 멀리서도 그것을 탐지할 수 있었다. 그곳에 바로 게이트가 있었다.

하이로드나 위치엔드와 계약한 헌터들이 사용하는 탐색마법을, 백현은 기감을 통해 쉽게 사용하고 있었다. 게이트를 통과하니 잠시간 부유감이 느껴졌다. 곧 백현의 발이 땅에 닿았다. 그는 아까 전, 어비스에 들어오기 직전에 서 있던 유리 벽 너머에 도착해 있었다.

"신기하네."

백현은 손목에 채워진 팔찌를 내려 보았다. 다음부터는 이곳에 올 필요 없이, 머릿속에 어비스의 모습을 떠올리면 어비스로 들어갈 수 있게 된다. 백현은 고개를 돌려 유리 벽 너머의 어비스를 힐끗 보았다.

'희한한 곳이야.'

같은 이계라고는 하지만 도원경과는 전혀 다른 느낌이다. 설마 20년 만에 돌아온 세상에 저런 것이 생겼을 줄이야.

백현은 그런 생각을 하면서 주머니에 손을 집어넣었다. 어비스에서는 가져갈 수 없었던 핸드폰이, 현실에서는 얌전히 주머니에 들어 있었다.

"……어……."

핸드폰을 꺼내 확인하니, 부재중 전화가 몇십 통이나 쌓여 있었다. 서민식이었다. 반가운 마음에 전화를 걸자, 뚜, 하는 소리가 한 번 들린 즉시 서민식이 전화를 받았다.

[너 뭐 하는 새끼야?]

대뜸 욕이 들려왔다.

[5년 만에 눈 떠서, 대체 뭐야? 병원 창문에서 뛰어내렸다며? 그런데 왜 안 죽었어?]

"그럼 내가 죽었어야 했냐?"

[누가 죽으래? 왜 안 죽었냐고. 그거 물어보는 거잖아 지금!]

"안 죽을 거 알고 뛰어내린 거야. 그보다 너, 5년만인데 반갑다는 말도 안……."

[지랄하지 말고, 야, 너 지금 어디야? 어디길래 전화도 안…… 뻔하지. 너 어비스지? 어비스 말고 어디겠어.]

"……어, 맞어. 어비스야."

[알아, 새끼야. 기다리고 있으니까 빨리 내려와.]

"어디서 기다리는데?"

[어디기는, 출입소 앞에서 기다리고 있으니까 내려오라고!]

서민식이 고함을 질렀다. 그리고 전화가 뚝 끊어졌다. 백현은 꺼진 통화창을 보며 두 눈을 깜박거렸다. 의외로 감이 좋은 녀석이었다. 출입소를 나오니 꽤 많은 사람이 모여 웅성거리는 것이 보였다. 대부분이 오늘 어비스에 처음 들어간 사람들이었고, 그중에는 아까 버스에서 백현에게 말을 걸었던 뿔테도 있었다.

뿔테는 동경에 흠뻑 젖은 눈을 하고 핸드폰을 들어 무언가를 열심히 찍어대고 있었다. 핸드폰으로 촬영 중인 것은 뿔테 뿐만이 아니었다. 사람들의 벽 너머에는 파란색의 람보르기니 아벤타도르가 한 대 서 있었다. 설마 아니겠지.

백현은 강남에서도 흔하게 볼 수 없는 슈퍼카를 바라보다가, 서민식에게 전화를 걸었다.

"너냐?"

[왔나? 뭐해, 안타고.]

"미친 새끼, 관심병 걸렸어?"

[관심병은 무슨. 너 자빠져 있는 동안 형이 좀 쩔어졌거든. 와서 타기나 해. 형이 임마, 람보르기니가 어떤 소리 내는지 함

들려줄게.]

서민식이 낄낄거리며 웃었다. 백현은 한숨을 푹 내쉬면서 통화를 끊었다. 그러고는 가로막고 있는 사람들을 향해 다가 갔다.

"어…… 어어?"

"뭐, 뭐야?"

앞을 가로막고 있던 사람들이 당황한 소리를 냈다. 그들은 알 수 없는 힘에 밀려 길을 비켰고, 백현은 그 사이를 유유히 걸어서 지나갔다. 백현이 인파를 뚫고 다가오자 검게 선팅된 창문이 내려갔다. 그 너머에서 선글라스를 쓴 서민식이 불쑥 고개를 내밀었다.

"왔냐?"

"안 쪽팔리냐?"

"쪽은 진즉에 팔렸어. 한국에 내 얼굴 모르는 사람이 얼마 나 있다고."

백현은 서민식이 하는 말을 들으며 조수석 문을 열었다. 차 체가 낮아서 그런지 몸을 숙여 타는 것이 불편했다.

"좀 좁지 않냐?"

"원래 그런 맛에 타는 거야."

"사람들은 어쩔래?"

백현은 차를 빙 둘러싼 사람들을 둘러보며 물었다. 그 질문에 서민식이 피식 웃었다.

"넘어가면 돼."

엔진이 요란한 소리를 냈다. 핸들을 잡은 서민식의 몸이 녹색빛에 휘감겼다. 한국에서 가장 유명한 헌터 중 하나라더니.

백현은 서민식에게서 느껴진 힘의 크기에 조금 놀라 고개를 돌렸다. 백현은 서민식의 몸 안에서 '무언가'가 흘러나오는 것을 보았다. 그리고, 람보르기니가 하늘을 날았다.

"방금 그게 정령이냐?"

사람들의 머리 위를 뛰어넘은 람보르기니가 도로를 달렸다. 백현은 히죽히죽 웃으며 핸들을 잡은 서민식을 보며 궁금한 것을 물었다. 템페스트와 계약해 권능을 받으면, 정령을 다룰 수 있게 된다. 템페스트의 계약자 중 가장 유명한 헌터 중 하나가 바로 서민식이다.

"응. 쩔지?"

"내가 여기에 있는 줄은 어떻게 알았어?"

"여기저기 알아봤지. 일단 네가 핸드폰 새로 개통한 것 파악했고, 혹시나 해서 관리국 쪽에 알아보니 네 이름으로 출입소에 새로 등록했더라고. 그래서 바로 왔다."

서민식은 그렇게 대답하고서 백현을 힐긋 보았다.

"너 대체 뭐냐?"

"뭐긴 뭐야?"

"5년 동안 식물인간이었던 놈이 갑자기 일어난 거야 뭐 그렇다고 쳐. 너 쓰러진 거도 갑작스러웠으니까."

"병원비는 고마워."

"빨리도 말한다. 그건 나중에 말하고, 이희주 선생님한테 내가 들었거든? 너…… 좀 많이 이상…… 아니, 건강하다고."

"건강한 게 뭐가 문제야?"

"문제지. 오늘 아침만 해도 숨만 쉬던 놈이, 갑자기 일어나서는 아무 문제 없이 대화하고, 15층에서 뛰어내리고. 넌 모르겠지만 이희주 선생님도 마법사야. 그런데, 이희주 선생님은 너움직이는 거 제대로 보지도 못했대. 그게 말이 돼?"

백현은 당장 대답하지 않고 서민식을 물끄러미 보았다.

"그것까지는 그렇다고 쳐. 그렇다고 치자고, 말이 안 되는데 그렇다고 쳐. 그런데 15층에서 뛰어내려서…… 너 대체 어디 간 거냐? 아래로 안 떨어지고 어디 가? 이희주 선생님이 너 하늘 뛰어다녔다는데? 나 처음에 그거 듣고서, 이희주 선생님 약한 줄 알았어."

"뛰어다닐 수도 있지."

"나 너 병원비 5년 동안 냈다."

"떼먹을 생각 없다."

"갚으라고 하는 말 아니야. 그냥 그랬다고 말하는 거지. 지금이야 돈도 많이 벌고 많이 모으기도 했으니 네 병원비 그거 상관없어. 그런데 너 쓰러졌던 당시에는, 진짜 ×되는 줄 알았거든? 너 때문에 내가 알바를 하루에 몇 개나 뛰었는 줄 알아?"

서민식은 투덜거리면서 선글라스를 벗었다.

"너나 나나 똑같이 부모 잃은 고아에, 어린 시절부터 같은 고아원에서…… 어우, 말해 뭐하냐. 그 궁상맞은 시절. 어쨌든, 나는 너 가족이라고 생각해. 동갑이긴 하지만 형제라고 생각한다고. 그래서 너 뒈지게 두고 싶지 않아서 병원비 냈어. 내가 너 대신 죽을 생각은 없는데, 내 능력으로 할 수 있는 일이면 널 위해서 뭐 여러 가지 해주고 싶다고. 그러니까 뭐 숨기지 말……."

"너 내가 말하는 거 믿을 수 있나?"

백현은 서민식의 말을 도중에 끊고서 물었다.

"잠깐."

서민식이 말했다.

"어디 좀 세우고 말하자."

마침 근처에 휴게소가 있었다. 서민식은 휴게소에 차를 세워두고서 내렸다. 서민식은 백현과 함께 흡연구역으로 가서 담배를 꺼내 물었다.

"말해봐."

"말해두는데, 도중에 말 끊지 마라. 구라라고 생각하지도 말고."

"믿을 테니까 말해. 넌 자빠져 있어서 모르겠지만, 내가 워낙 익사이팅한 일을 많이 겪어서 말이야. 어지간한 일에는 꿈쩍도 안 해요."

서민식이 담배에 불을 붙이며 호기롭게 말했다.

하지만 백현이 보낸 20년에 대해 들었을 때, 서민식은 어디서 뒤통수를 몇 대 얻어맞고 온 것 같은 표정을 지었다.

몇 모금 빨지도 못한 담배는 이미 그의 발 앞에 떨어져 있었고, 서민식은 벌어져 있던 입을 천천히 다물었다.

"현아."

"왜."

"너 돌았……."

서민식의 말이 끝나기 전에, 백현은 그럴 줄 알았단 표정을 지으며 손바닥을 앞으로 뻗었다.

그 일장에는 이미 공력이 실려 있었다.

빠아아앙!

공기가 터지는 소리가 났다. 백현의 일장을 얻어맞은 서민식의 몸이 공중을 붕 날았다.

"으헉!"

죽으라고 날린 것은 아니었다. 아까 전 서민식이 보여준 힘,

그것을 보고 대충 파악한 정도.

서민식이 충분히 버티고 대응할 수 있을 정도의 공력만 실었다. 덕분에 서민식은 별 무리 없이 공중에서 자세를 잡았다. 그의 몸은 녹색 정령의 빛에 휘감겨 있었다.

"미, 미친."

공중에 뜬 서민식이 두 눈을 부릅뜨고서 백현을 내려다보았다. 백현은 심드렁한 눈으로 서민식을 올려다보면서 손을 들어 올렸다.

포옹!

백현의 손바닥 위에 흑색의 강기 구슬이 떠올랐다.

"내가 구라 아니라고 했지?"

"말도 안 돼…… 이거 진짜야? 권능 아냐?"

"너 병신이냐?"

백현은 그렇게 투덜거리면서 발을 들어 공중을 밟았다. 그는 허공을 걸어 올라 서민식이 있는 곳에서 멈춰 섰다.

"내가 오늘 어비스 처음 들어갔는데, 이 정도 권능이 있겠냐?"

그 말에 서민식은 뭐라고 대답하지 못했다. 그건 절대로 불가능한 일이었다.

"……진짜구나."

서민식의 어깨가 축 늘어졌다.

"……그러니까…… 5년…… 아니, 20년…… 아니…… 아니, 어쨌든, 도원경이라는 세계에 가서…… 무협지에 나오는 할아버지한테 무공이라는 것을 배웠다……."

"어."

"다 배우고 돌아왔다?"

"다 배우진 않았고."

"그래서. 어비스에서 계약은 누구랑 했어? 그 정도 능력이면, 와 씨. 계약하자는 군주가 줄을 섰겠다. 누구야? 무공이면 뭐, 무령인가? 아니면 혈사자?"

"안 했어."

백현은 그렇게 대답하며 아래로 내려왔다.

서민식은 공중에 서서 멀뚱히 백현을 내려 보았다.

"……뭐?"

"안 했다고."

"안 해? 계약을?"

"어."

백현의 대답하자, 서민식도 천천히 아래로 내려왔다.

"……미친 새끼!"

조금의 침묵 끝에, 서민식은 간신히 그 한마디를 내뱉었다.

"그렇게 말할 줄 알았다."

계약을 하지 않았다고 대답하면 다들 똑같은 반응을 보였다. 이해하지 못할 반응은 아니었다.

서민식은 어처구니가 없다는 표정을 지으며 백현을 보다가, 피우지 못한 담배를 새로 꺼내 물었다.

"아니, 난 이해가 안 돼. 계약을 대체 왜 안 해? 너한테 13 군주 전원이 러브콜을 보냈다며? 전원이 권능까지 약속했다며."

"그랬지."

"만약 네가 군주 중 한 명이랑 계약하고, 네 그…… 능력을 조금만 더 보여주었으면, 틀림없이 너는 사도의 시련까지 받을 수 있었을 거야. 너, 그게 무슨 의미인지는 알아?"

"겁나 세진다는 거 아니야?"

"맞아, 어, 겁나 세지지!"

"난 지금도 겁나 세."

백현은 심드렁한 표정을 지으며 대답했다. 그 말에 서민식은 대꾸할 말이 없었다.

그는 조금 전, 백현이 뻗은 일장을 떠올렸다. 갑작스레 뻗은 공격…… 솔직히 말해서, 서민식은 얻어맞기 직전까지 백현의 공격에 실린 힘을 가늠할 수가 없었다.

그가 공중에서 자세를 잡을 수 있었던 것은, 서민식이 미리 공격을 예지해서가 아니라 그가 인식하지 않아도 알아서 몸을 보호하고 있는 정령의 가호 때문이었다.

"……조금 전에, 네가 한 공격. 그거 전력 아니지?"

"전력으로 때렸으면 너 죽었어."

"허세 부리는 거 아니고?"

"내가 허세 부릴 이유가 뭐가 있냐? 방금 일장은…… 그러니까…… 삼성 공력이야."

"삼성이 뭐냐?"

"내 힘이 100이라 치면 30의 힘으로 때린 거라고."

서민식은 이번에도 담배를 제대로 피우지 못했다. 빨아들이지 못한 연기가 허망하게 하늘로 올라갔다.

물론 조금 전에 서민식은 방심하고 있었다. 그가 전력을 다한다면, 그러니까, 백현을 죽여야 할 '적'으로 생각하고 덤빈다면. 백현도 삼성의 공력을 가지고서 서민식을 압도할 수는 없을 것이다.

"……허 참."

서민식은 뒤늦게 연기를 빨았다.

"……너 센 건 알겠는데, 그래도 이해가 안 돼. 조건이 너무 좋았는데…… 그걸 걷어차다니. 너는 모르겠지만, 나는 템페스트랑 계약하고 권능도 받아봤으니 안다고. 군주들이 주는 권능은 사기적이야. 단순 권능만 받아도 인간을 아득히 뛰어넘을 수 있는데, 사도까지 되면……."

"뭔지도 모를 놈들한테 힘 받아서 뭐해?"

"……그건 그렇지만. 그래도 받으면 좋잖아."

"그런 거 안 받아도 난 스승님한테 배운 힘이 있어. 애당초 내가 어비스에 들어간 건 이 힘으로 어디까지 할 수 있을까 궁금해서야. 겸사겸사 돈도 벌고."

백현의 대답에 서민식의 표정이 뻣뻣하게 굳었다. 그는 물고 있던 담배를 재떨이에 지져 끄면서 백현을 힐긋 보았다.

"⋯⋯너 설마, 군주들한테 싸움을 걸려는 건 아니지?"

"사람을 뭐로 보는 거야?"

"미친놈은 아닌 모양이네."

서민식은 떨떠름한 표정으로 백현을 보다가, 빙글 몸을 돌렸다. 그는 조금 처진 어깨를 하고서 주차해 둔 차로 돌아갔다. 백현은 서민식의 뒤를 따라가면서 물었다.

"왜 그렇게 처졌어?"

"5년 동안 식물인간이었던 놈보다 내가 약하단 사실이, 기분이 좀 그렇네."

"야, 내가 놀았냐? 네가 보기엔 식물인간이었어도, 난 20년 동안 도원경에서 겁나 고생했거든?"

"알아, 안다고. 천무성, 천무성⋯⋯? 씹, 세상 불공평하네."

"불공평은, 미친놈아. 남이 보기에는 너도 충분히 불공평한 새끼야. 누구는 계약도 못 하고, 계약해도 권능 하나 못 받는다는데. 너는 계약도 했고 권능도 받아서 떵떵거리잖아."

"그럼 뭐해, 아직 사도 시련조차 못 받았는데."

서민식은 투덜거리면서 운전석에 올라탔다.

"……앞으로 어쩔 거냐?"

"헌터 등록도 했으니까, 일단 네 돈 갚으려고 노력해야지."

"안 갚아도 된다니까."

"네가 안 갚아도 된다고 해도, 갚으려고 하는 편이 내 마음이 편해. 내가 능력이 없는 것도 아니고."

백현은 투덜거리면서 창문을 내렸다.

"돈 많이 벌려면 어떻게 해야 하나?"

"……유명해져야지."

람보르기니가 휴게소를 빠져나갔다.

"유명해지면 뭘 해도 돈이 벌려."

"어떻게 해야 유명해지는데?"

"……만약 네가 흑장미여왕이나 역천자 같은 군주랑 계약하고 권능을 땄다면 대번에 화제가 됐을 거다. 아직 한국에는 그 군주들이랑 계약해서 권능을 받은 사람이 한 명도 없거든."

"러브콜은 받았는데."

"그걸 증명할 수가 없잖아."

"그럼 다른 방법으로 유명해지면 되겠네. 오늘이 며칠이지?"

백현은 그렇게 중얼거리면서 핸드폰의 액정을 켰다. 7월 28일. 불과 며칠 뒤가 7월의 마지막 요일이었다.

"군주랑 계약도 안 한 헌터가 어비스에서 기어 나온 몬스터를 때려잡으면 유명해지지 않을까."

"유명해지겠지."

서민식은 황당하단 표정을 지으며 백현을 돌아보았다.

"······하게?"

"안 할 이유가 있냐?"

"······할 이유는 있고?"

"이유야 많지. 유명해지면 돈 벌린다며."

"그게 다야? 돈 때문에?"

"그건 아니야. 유명해지면 날 찾아오는 사람이 꽤 많아지지 않겠어?"

"누가 찾아왔으면 좋겠는데?"

"박준환."

백현의 대답에 서민식은 자신도 모르게 브레이크를 밟을 뻔했다. 물론 밟지는 않았다.

"그 아저씨는 왜?"

"무령이 나를 경계하는 것 같아서."

"······군주가 너를? 직접?"

"응. 아무래도 내 힘이 수상쩍은가 봐."

"그래서····· 박준환, 그 아저씨를 만나보고 싶은 거냐?"

"나도 그 아저씨한테 꽤 흥미가 있기는 해. 찾아보니까, 그 아저씨가 쓰는 무령의 권능이라는 것도 무공 같더라고. 그런데 당최 만날 방법이 있어야지."

"……그건 그렇지. 그 아저씨는 워낙에 바쁘거든. 최근에는 아예 어비스에서 죽치고 사는 모양이고."

서민식은 그렇게 중얼거리면서 핸들을 손가락으로 두드렸다.

"……그런데, 보통…… 너처럼 평범하지 않은 놈들은 힘을 숨기지 않냐?"

"그건 또 웃기는 말이네. 내가 숨길 이유가 뭐 있냐? 뭐 안 좋게 얻은 힘도 아니고, 난 떳떳해."

서민식의 질문에 백현은 어이가 없어서 그렇게 대답해 주었다. 서민식은 두 눈을 끔벅거리며 백미러를 통해 백현의 얼굴을 바라보았다.

"……그건 그렇지. 그래도 혹시 모르는 일이니까 조심해. 어딜 가나 그렇지만, 세상에는 파벌이라는 게 있거든. 고인 물도 있고."

"길드 말하는 거냐?"

"어."

백현의 질문에 서민식은 눈썹을 찡그리며 대답했다.

"나야 길드 같은 거 가입 안 한 프리랜서라 이런 말 하는 건 좀 웃긴데…… 결국 헌터라는 것도 파이 싸움이야. 매달 말일 어비스에서 기어 나오는 몬스터들. 그거, 대중에게 엄청 어필할 수 있는 이벤트거든."

그건 백현도 알고 있었다. 어비스에 드나드는 헌터라면 모를

까, 진즉에 어비스에서의 생존을 포기한 일반인들에게는 어비스에서의 사건보다 현실에서의 사건. 즉, 매달 말일 어비스에서 기어 나오는 몬스터가 훨씬 더 체감할 수 있는 큰 사건이다.

그렇다 보니 그 몬스터를 누가, 어떻게 잡느냐가 대중들에게는 큰 관심사인 것이다.

"말일만 되면 예능이나 드라마 같은 것도 방송 안 해. 특히 이번 말일은 일요일이니까, 시청률도 엄청 나올 거다. 이런 날에는 미리 로비를 넣어서 몬스터 사냥을 선점하려는 놈들이 많아."

"그거 불법 아니냐?"

"불법은 아니야."

서민식이 고개를 저었다. 형식적으로는, 매달 말일 어비스에서 기어 나오는 몬스터의 토벌은 헌터라면 누구나 참가할 수 있다. 단, 참가했을 때에 자기 목숨은 자기가 챙겨야 한다. 애당초 사망률이 높은 헌터를 위한 보험 같은 것은 없었고, 어비스 관리국도 헌터의 생명수당 따위는 챙겨주지 않는다.

"길드가 로비를 넣는 것은 관리국이 아닌 방송사거든. 사실 그게 더 확실하지."

매스컴의 위력은 대단하다. 몬스터 토벌에서 공중파가 특정 길드만 중점적으로 잡는다면 당연히 사람들은 그들의 활약만 받아들이게 된다.

"너는 이번 토벌에 참가 안 하냐?"

"나야 챙길 것 다 챙겼고 인기도 많으니까, 굳이 시궁창 싸움에 끼어들 필요가 없지. 그리고 난 요즘 바빠."

"뭘 하시길래 바쁘대?"

"미조사 지역을 탐색하고 있거든. 이건 관리국 쪽 의뢰야. 급 높은 헌터들은 나처럼 관리국한테 직접 의뢰받는다."

서민식이 으스대는 투로 말했다. 그 말을 들으니, 백현은 문득 궁금증이 들었다.

"그런데, 너 레벨이 몇이냐?"

"레벨? 221인데?"

"221……? 그거 높은 레벨이지?"

백현의 말에 서민식이 한숨을 푹 내쉬었다.

"당연히 높은 레벨이지, 미친놈아. 한국에서 나보다 레벨 높은 사람은 박준환 그 아저씨밖에 없어."

"그 아저씨 레벨이 몇인데?"

"……그건 나도 잘 모르는데…… 아마 나보다 50은 더 높을 걸. 레벨은 높을수록 올리기 힘들어져."

"게임도 그렇잖아."

"게임이랑은 조금 다르지만…… 이건 군주들이 나를 얼마나 인정하느냐, 라는 개념이니까. 레벨이 높을수록 강한 것은 사실이지만, 이게 꼭 절대적인 것은 아니야. 그리고 레벨 올리는 것에 노가다라는 것도 거의 통하지 않고."

아무래도 서민식은 그것이 불만인 듯싶었다.

"차라리 노가다 개념이면 좋지. 어디 짱박혀서 몬스터나 잡으면 되는 거니까. 그런데 해봤는데, 레벨이 잘 안 오른다고. 내가 미조사 지역을 탐색하는 것도 그 이유야. 몬스터 잡는 것보다 안 해본 것을 해야 레벨이 잘 올라. 사실 그건 군주들 성향에 따라 다른데…… 템페스트는 노가다보다는 안 잡은 몬스터를 잡는 것을 더 선호하는 것 같더라고."

"한국 말고, 세계 쪽으로 가면 어떠냐?"

"……중간보다는 높은 레벨이지. 그런데 그건 왜 물어봐?"

"내가 얼마나 센지 궁금해서."

백현은 그렇게 말하면서 파천신화공을 가볍게 운용해 보았다. 그의 단전에는 어마어마한 양의 내공이 들어 있었다.

실전 경험은 20년 동안 도원경에서 매일매일 싸우는 것으로 쌓아왔다. 객관적으로 보았을 때, 백현은 절대로 약하지 않다.

파천신화공이 4성에 도달했을 때 쓰러뜨렸던 마흔 살 주한오는 천하오인 중 하나였다.

'지금의 나는 천하제일 정도 되려나?'

확신할 수는 없었다. 이럴 줄 알았으면 파천신화공이 5성을 이루고, 스승님을 떠나보내기 전에 대련이나 한번 부탁할 걸 그랬다.

"그런데 지금 어디 가냐?"

"집."

"누구 집? 너희 집?"

"네가 쓸 집."

서민식은 그렇게 말하면서 히죽 웃었다. 하지만 그 대답에 백현은 두 눈을 끔벅거렸다.

"……내가 쓸 집? 그건 뭔 헛소리야?"

"너 깨어나면 쓰라고 집 하나 샀어."

귓가에 찬송가가 울리는 것 같았다. 서민식의 뺀질거리는 얼굴이 숭고해 보였고 창밖에서 후광이 비치는 것 같았다.

지금의 백현에게 서민식은 인세에 강림한 천사였다.

"나한테 그렇게까지 해주는 이유가 뭐야?"

한편으로는 이해가 가지 않았다. 같은 고아원 출신의 불알친구라고는 하지만, 서민식에게 너무 많은 것을 받았다.

5년 동안 병원비를 내준 것뿐만 아니라 집까지 해주다니!

백현의 질문에 서민식이 픽- 하고 웃었다.

"너 말고 해줄 사람도 없어서 그래."

"야, 아무리 그래도. 너 여자 친구 같은 거 없냐?"

"여자 친구한테 이런 걸 왜 해주냐?"

"그럼 나한테는 왜 해줘? 너 설마…… 그, 뭐냐. 그런 거 아니지?"

"뭐?"

"동성애자."

"아니야, 미친놈아."

서민식의 얼굴이 일그러졌다.

"미친 새끼, 대체 뭔 생각을 하는 거야? 야! 그냥, 돈 많이 벌고 쓸데도 없어서. 너 식물인간인 상태에서 깨어나면 살길 막막할 테니 내가 좀 챙겨주려고 해놨던 거야."

"민식아."

서민식의 대답에 백현은 진지한 표정을 지으며 손을 뻗어 서민식의 어깨를 잡았다.

"내가 나중에 템페스트 만나면, 너 꼭 사도 삼으라고 말해 줄게."

"……뭔 개소리야?"

"진짜로."

백현은 진심으로 그렇게 하겠다고 마음먹었다. 여태까지는 돈이나 많이 벌어 갚아주겠다고 생각했었는데, 서민식에게 받은 것은 단순히 돈으로 갚아주는 것으로 퉁칠 일이 아니었다.

좋은 집이었다.

서민식은 아파트의 보안키와 집 비밀번호를 알려주고서 곧

바로 돌아갔다. 바쁜 일이 있다는 모양이었다. 넓은 거실에 방세 개, 거기에 드레스 룸까지 따로 딸려 있었고, 필요한 가구도 채워져 있었다.

"……쓸데없이 꼼꼼하기는."

냉장고에는 당장 먹을 만한 식재료들이 대충 채워져 있었다. 확인해 보니 오늘 사서 채워 넣은 것 같았다.

아마, 백현이 눈을 떴다는 것을 듣자마자 장을 봐서 냉장고에 넣어둔 것이리라.

백현은 친구의 배려에 가슴이 뭉클해지는 것을 느끼며 빙긋 웃었다. 냉장고뿐만이 아니었다. 드레스 룸에도 트레이닝복 위주의 옷들이 채워져 있었다. 소파도, 침대도, TV도. 고시방에서 살던 시절에는 꿈도 꾸지 못했던 브랜드의 것들이었다.

백현은 거실 한복판에 가부좌를 틀고 앉았다.

우선 냉정하게. 백현은 친구인 서민식에게서 느꼈던 힘을 분석해 보았다. 삼성 내공으로 밀어친 장력. 그에 대한 대응. 보여주었던 당황. 그 순간 서민식이 대응하지 못했던 것은 틀림없는 사실이다. 만약 그 순간 백현이 살심(殺心)을 품었더라면 일 초에 서민식을 죽일 수 있었다.

물론 상황이 상황이었다는 것을 염두에 둬야 한다. 백현과 서민식은 친구 사이고, 절대로 살초를 뿌릴 사이가 아니다.

하지만 그것을 감안한다고 해도, 백현은 솔직히 십 초 안에

서민식을 제압할 자신이 있었다. 그조차도 서민식이 보여주지 않은 힘을 상당히 후하게 쳐주었을 경우의 이야기였다.

'레벨 221', 한국에서 두 번째로 높은 레벨. 서민식과의 대화는 백현에게 많은 정보를 주었다.

가장 먼저, 어비스의 레벨은 RPG 게임의 레벨과는 다르다. 군주의 '관심.' 레벨의 높낮이는 절대적이지 않다.

군주의 성향에 따라 다르다. 하지만 그것도 정도에 따라 다를 것이다.

'조금 조심해야 할 것은 사도랑 예비 사도 정도인가?'

그것도 막상 해봐야 아는 사실이겠지만.

백현은 몸이 다는 것을 느끼며, 자리에서 일어났다.

밥이나 먹고 쉴 생각이었는데, 어비스에 가고 싶어졌다.

7장
가장 잘하는 것이니까

도원경과 현실이 다르다는 것을 새삼 느끼게 된 것은, 굶주림과 갈증 덕분이었다. 그곳에서는 육체를 갖지 않은 영혼이라 먹을 필요도, 마실 필요도 없었다. 그러니 배가 고플 일도, 목이 마를 일도 없었다.

"이건 좀 귀찮네."

먹고, 마시고, 싸고, 자고. 물론 백현의 몸은 일반인에 비해 압도적으로 효율이 좋다. 적게 먹어도 많이 움직일 수 있고, 거의 쌀 필요가 없다. 체내에서 연소시키고 그 과정에서 발생한 독소조차도 완벽하게 배출할 수 있다. 굳이 배출하지 않아도 그의 몸은 만독불침에 가깝기에, 내버려 둬도 큰 문제는 되지 않는다.

그건 어비스의 생활에서 압도적인 장점이었다. 대부분의 헌터들은 현실의 생활에 찌든 이들이다. 깨끗한 화장실과 편한 식사에 익숙하기에, 그런 것들이 제공되지 않은 어비스에서의 생활을 불편하게 여긴다. 사실 그건 백현도 크게 다르지는 않았다. 먹고 마시고 싸지 않는 생활만 20년을 했다.

사람의 생활 중 가장 큰 것을 차지하는 배변. 하고자 한다면 그걸 할 필요가 없다. 배가 고프면 주변의 풀만 뜯어 먹어도 큰 문제가 없었다.

어비스의 풀 중에는 사람을 절명시키는 독초(毒草)가 많지만, 백현에게는 문제가 되지 않았다. 그는 풀뿌리를 질겅질겅 씹으며 지도를 펼쳤다.

어비스에 들어와 무턱대고 뛰기 시작한 지 벌써 사흘이 흘렀다. 간간이 귀환 포인트를 발견하면 현실로 돌아가서, 어비스에 있으니까 걱정하지 말라고 서민식에게 문자만 몇 통 보냈다. 그리고 나머지 시간은 뛰기만 했다.

그 덕에 백현은 판데모니엄에서 아득하게 멀어져 있었다. 보통의 헌터들이 몇 달이 걸려 이동하는 거리를 나흘 만에 돌파한 것이다.

'이 페이스를 유지하면 앞으로 며칠은 더 가야겠는데.'

어비스가 얼마나 넓은지 실감할 수 있었다. 백현은 씹던 풀을 퉤 뱉었다. 입안이 싸한 것이 독초임이 분명했다.

뛰고자 하면 얼마든지 더 뛸 수 있었지만, 백현은 미리 봐두었던 게이트가 있는 곳으로 돌아갔다.

오늘은 7월 31일. 어비스에서 몬스터가 기어 나오는 날이었다. 게이트를 지나 현실로 돌아와 핸드폰을 확인해 보니 오전 6시였고, 서민식에게 부재중 전화가 와 있었다.

[나왔냐?]

"방금 나왔지."

[진짜 갈 거야?]

조금 우려가 섞인 질문이었다. 백현은 피식 웃으면서 냉장고를 열어 우유를 꺼냈다.

"간다니까?"

[……그래, 가라, 가. 난 안 갈 거니까 그리 알아둬.]

"같이 가달라고 한 적도 없어."

[진짜 바빠서 그래. ……아니면 같이 가줘?]

서민식이 바쁜 것은 사실이었다. 백현도 서민식을 본 것은 며칠 전 이후로 없었고, 간간이 전화 통화만 나눌 뿐이었다. 백현은 왕창 부은 시리얼에 우유를 붓고 숟가락을 휘휘 저었다.

"네가 같이 가서 뭐해?"

[누가 너한테 시비 걸 때 내가 옆에 있어주면…… 뭐, 좀 괜찮지 않을까.]

"됐어 임마. 내가 벌인 일에 너 휘말리게 하고 싶지도 않아. 그리고 누가 나한테 시비 걸면 내가 알아서 하면 되는데, 네가 뭐 하러 나 때문에 같이 가?"

[걱정돼서 그러지.]

"야, 나 존나 세. 그러니까 걱정하지 말고, 네 몸이나 신경 써. 괜히 무리하지 말고."

[나도 존나 세, 새끼야. 여기서는 뭔 짓을 해도 안 뒤지니까 걱정 마라.]

서민식이 낄낄 웃으면서 말을 받았다.

[네가 그렇게 말하니 마음이 좀 놓이네. 알았어, 그래도 조심하고…… 특히 '천왕' 길드 조심해라. 알아보니까 걔들이 이번에 로비 좀 많이 넣었더라. 자기들이 차려놓은 밥상, 다른 놈이 가로채면 좀 많이 열 받을 거야.]

"밥상은 무슨. 몬스터가 지들 거야?"

백현은 픽 웃으면서 이죽거렸다. 서민식과의 통화를 끝내고, 백현은 시리얼을 먹었다. 그 뒤에는 거실 한복판에 가부좌를 틀고 앉아 파천신화공을 운용했다.

도원경을 떠나 현실로 돌아와서도, 파천신화공의 수행은 잊지 않았다. 하지만 파천신화공의 다음 단계는 좀처럼 보이지 않았다. 어쩔 수 없었다. 4성에서 5성으로 넘어가는 것만 해도 수년이 걸렸고, 수행 중에 얻었던 깨달음은 백현이 줄곧 외면해 왔던 '귀환'에 관한 것이었다.

그것을 직시하고, 자기 자신의 무(武)와 무도(武道)의 방향성에 대해 나름의 답을 내린 지금. 백현에게 마음의 벽 같은 것은 더 이상 존재하지 않았다.

그렇기에 백현은 난감함을 느끼고 있었다. 스승인 주한오는 이미 등선했고, 더 이상 백현에게 가르침을 내릴 존재는 없었다. 이제부터는 백현 스스로가 생각하여 정진해야만 했다. 문제는 백현에게 이렇다 할 문제점이 없다는 것이었다.

그는 환골탈태를 이룸으로써 심, 기, 체에 완전함을 얻었다. 내공에 부족함이 없었고 육체는 강건했으며 마음은 흔들림이 없었다.

'이 경우에 필요한 건 역시 그거지.'

적수가 필요하다.

파천신화공이 운용되며 백현의 몸이 은은한 검은빛에 휘감겼다. 백현은 감고 있던 눈을 뜨고서 앞을 보았다.

튜토리얼의 끝에서 들었던 군주들의 목소리를 떠올렸다. 스스로에게 문제점은 없다. 적어도, 백현 자신이 생각하기에는 그렇다. 그렇다면 부딪혀 보면서 문제점을 알아가야 한다.

없다면, 만들면 되는 것이다. 부딪혀서 이쪽이 깨진다면 그

깨진 부분을 보완하면 된다.

왜 깨졌는지 생각하고 깨지지 않을 방법을 강구하면 된다.

그리고 다시 부딪히고, 부딪히고, 부딪혀서, 내가 깨지지 않고, 계속 부딪혀서, 상대가 깨지도록, 아니, 산산이 박살 나도록.

생각이 거기까지 닿았을 때, 백현은 자신이 웃고 있음을 알았다. 백현은 파천신화공을 멈추고서 자신의 얼굴을 어루만졌다.

히죽 웃는 웃음. 이런 웃음은 참 오랜만이었다. 도원경에서도 이렇게 웃었던 것이 언제였더라. 마흔의 주한오를 쓰러뜨리고 나서는 이런 웃음을 지을 일이 없었던 것 같다.

현아.

마흔의 주한오를 쓰러뜨렸을 때. 스승이 했던 말이 떠올랐다.

너를 보고 있노라면, 본좌는 참 신비한 기분이 들곤 한단다. 네가 타고난 것은 천무성이 아니라 다른 것이 아닐까, 그런. 처음에는 단순한 독기라고 생각했다. 타고난 독종이라고…… 아니, 그런 것이 아니야.

현이 너는 거듭 패배하면서도 패배에 익숙해지지 않더구나. 패배를 당연한 것이라 받아들이지 않아. 몇 번이고 아픔을 느끼면서도 아픔을 당연한 것이라 받아들이지 않아. 언제나 아파하면서도 그를 두려워하지도 않지.

결국에 승리를 거두면서도 승리에 만족하지도 않더구나. 몇 번이고 반복하면서, 결국 승리 자체에 무덤덤해지면서도 승리를 갈구해. 그 얼마나 모순적이냐.

광기(狂氣).

현이 너는 무조건적인 승리를 추구하지 않아. 그건 투쟁심(鬪爭心)과는 다르다. 현아…… 너는 그저, 단순하게…… 즐기고 있구나. 승리도, 패배도. 무(武) 그 자체를 즐기고 있어. 그것도 광적으로.

그 얼마나 대단한 재능이고 축복이더냐? 하늘은 너에게 천무성(天武星)을 내리고 무광(武狂)까지 주었구나.

"가장 잘하는 것이니까 즐거운 거죠."

백현은 그렇게 중얼거리면서 몸을 일으켰다.

화천 어비스 출입소에는 많은 차가 몰려 있었다. 그중 절반은 이번에 기어 나오는 몬스터 토벌을 촬영하기 위한 방송국 차량이었고, 나머지 절반은 몬스터 토벌에 참가하기 위한 헌터들의 차량이었다. 버스표도 첫차부터 매진이었다. 몬스터 토벌은 헌터라면 누구나 참가할 수 있다.

자기 목숨이야 헌터 본인이 챙기는 것이고, 이런 토벌은 헌터가 자신을 어필할 수 있는 가장 큰 기회였다.

헌터의 숫자는 많다. 그중 권능을 가진 헌터를 추리면 수가 확 줄긴 하지만, 권능이 없어도 어느 정도 레벨이 된다면 몸뚱이만으로 일반인은 아득히 압도할 수 있다.

이 토벌에는 그런 헌터들도 대거 참가하고 있었다.

"대부분 고기 방패죠."

천왕의 길드장, 이석천이 담배를 지져 끄며 말했다.

"놈들의 생각이야 뻔한 것 아니겠습니까. 이 토벌전에서 뭔가 두각을 보여, 운 좋게 군주에게 권능을 받던가…… 아니면 좀 규모 있는 길드에 스카웃 되던가."

이석천. 그는 서른다섯의 나이로, 4년 전에 어비스가 처음 나타났을 때부터 헌터로 활동해 온, 군주 중 혈사자와 계약해 권능을 받은 사람이었다.

그 뒤에는 천왕 길드를 세워, 혈맹과 함께 한국의 양대 길드 중 하나로 만든 거인(巨人)이었다.

"하지만 그게 뭐 쉬운 일입니까? 그 레벨 되고서도 권능 하나 못 받은 놈이면, 그냥 안 될 놈인 거예요. 세상일이라는 게 다 그런 거죠. 일만 시간의 법칙이었나? 그거도 결국 다 지랄이었잖습니까. 안 될 놈은 그냥 안 됩니다. 뭘 해도 안 되는 거예요."

"그렇다면, 천왕 길드장님은…… 소위 말하는 '될 놈'이라는 겁니까?"

"그건 제가 여기 있는 것으로 증명되지 않습니까?"

이석천은 껄껄 웃으며 말했다. 그의 앞에는 어비스 출입소장, 정철우가 앉아 있었다.

"그들이 필요가 없다고 말하는 것은 아닙니다. 고기 방패…… 있으면 좋죠. 그들이 앞에서 죽어주면, 그만큼 죽지 말아야 할 인재의 희생이 줄어드니까요."

"고기 방패라는 말은 듣기 좀 그렇군요."

"하지만 적절한 비유 아닙니까? 게다가 그들이 자처한 역할이기도 하고."

"몬스터 토벌의 독점권을 드릴 수는 없습니다."

정철우가 고개를 저었다.

"매달 말일. 어비스에서 기어 나오는 몬스터는 천재(天災)입니다."

"그러니 더욱 실력이 검증된 천왕 길드에게 맡겨야 한다는 것입니다."

"그렇게 되면 길드에 들지 못한 헌터들이 소외될 수밖에 없어요."

"실력이 없어서 들지 못한 것을 어떡합니까? 그리고 어비스 관리국에서 죽은 헌터에게 생명수당을 지급하는 것도 아니잖습니까. 공명심에 눈이 멀어 죽어나가는 목숨이 가엾다는 생각은 하지 않으십니까?"

"……기회는 공평해야 한다고 생각합니다."

"이봐요, 소장님. 세상에 공평한 기회 같은 것은 없어요. 기회라는 것은 기회를 잡을 재주가 있는 사람에게만 주어져야 하는 겁니다. 그리고 지금 세상은 참 알기 쉽게 재주가 있는 사람과 없는 사람을 구분할 수 있죠. 튜토리얼, 거기서 권능을 받은 사람과 못 받은 사람. 얼마나 알기 쉽습니까?"

"……."

정철우는 대답하지 못했다. 이석천이 하는 말도 틀린 말은 아니었기 때문이다. 매달 말일 벌어지는 몬스터 토벌에서 사망하는 헌터의 숫자는 매년 늘어나고 있다.

"결국, 욕심을 부리는 거잖아요."

벌컥 문이 열렸다. 갑작스레 들린 목소리에 이석천의 눈썹이 꿈틀거렸다.

"따님이 예의가 부족하네요. 엿듣기나 하고."

"아저씨 목소리가 너무 시끄러워서 듣고 싶지 않아도 들렸네요."

정수아. 스물다섯의 나이로 한국에서 세 번째로 높은 레벨을 가진 헌터. 그녀는 적의를 숨기지 않고서 이석천의 얼굴을 노려보았다.

"솔직히 말해봐요. 몬스터 토벌, 그걸 독점하고 싶은 것 아니에요?"

"말해서 무엇할까?"

이석천이 담배를 새로 물며 말했다. 한국의 양대 길드로 손꼽히는 천왕의 길드장이라고 하지만, 이석천이라고 해도 정수아를 마냥 쉽게 대할 수는 없었다.

이석천 본인의 실력이 정수아보다는 부족한 탓이었다.

"수아양도 알잖아요? 이 토벌은 군주들도 많은 관심을 가지고 있어요. 그만큼 레벨도 올리기 쉽고, 권능을 받을 확률도 높죠."

"그래서 관리국은 이 토벌에 헌터의 참가를 제한하지 않는 거예요. 더 많은 기회를 주기 위해서."

"얼씨구. 그 기회에 눈이 먼 버러지들이 죽어나가는 건 생각 안 하시나? 하긴, 수아 양은 모르겠네요. 나처럼 될 놈이니까요."

이석천이 껄껄 웃으며 이죽거렸다. 그 말에 정수아의 어깨가 바들거리며 떨렸다.

"이석천 씨……!"

"마냥 착한 척하지 말아요, 수아 씨. 어차피 수아 씨는 바깥에서 땡볕 아래에 앉아, 제발 이번 토벌에서 레벨이 많이 오르기를…… 권능 하나 받기를…… 하고 기대하고, 제발 죽지 않기를…… 하고 기도하는 권능 하나 없는 쓰레기들 마음에 절대로 공감할 수 없으니까요."

이석천은 그렇게 말하면서 양손으로 깍지를 끼고 정수아를 바라보았다. 비웃음을 담은 시선에 정수아의 눈썹이 씰룩거렸다. 이석천은 계속해서 말했다.

"공평한 기회. 멋진 말이에요. 하지만 그 말에 홀려 자격도 없는 놈들이 매달 말일 죽어나가 줄초상을 치르고 상조업체만 호황을 맞는 것도 현실이죠. 잘 생각해 보세요. 독점……그게 꼭 나쁜 일인가? 천왕 길드는 자격이 있는 헌터들이 모인 길드에요. 우리는 모두가 권능도 가지고 있고, 몬스터 사냥에도 익숙하죠. 최소한의 피해로 토벌이 가능하단 말입니다."

"길드 하나에게 특혜를 줄 수는 없습니다."

정철우가 대답했다. 그 말에 이석천이 이를 드러내며 웃었다.

"상부상조라고 생각하세요. 천왕 길드에게 특혜를 주신다면, 우리는 그만큼 관리국…… 특히 한국 지부를 위해 아주 많은 일을 해드릴 수 있습니다. 깨끗한 일도, 지저분한 일도."

"이석천 씨!"

정수아가 미간을 찡그리며 외쳤다. 이석천은 어깨를 으쓱거리며 몸을 일으켰다.

"무턱대고 해달라고 땡깡을 부리려는 것은 아니에요. 한 번 생각이나 해달라, 이겁니다. 보세요. 다들 바쁘지 않습니까? 혈맹의 박준환은 사도 시련을 진행 중이라 어비스에서 나오지 않고 있고, 덕분에 혈맹 길드도 토벌에 참가하지 않고 있어요. 서민식 그 친구도 최근 어비스에서 바쁜 모양이고. 그나마 정수아 씨는 한가한 모양인데…… 특출 난 개인이 토벌의 알맹이를 독식하는 것과 머릿수 많은 천왕이 나눠 먹는 것. 다를 게 뭐가 있습니까?"

"독식할 생각 없어요!"

"로비라도 넣어야 하나?"

정수아의 외침에 이석천이 이죽거렸다.

"그런 것이라면 얼마든지 연락해 주십시오. 책잡히지 않도록 깨끗하게 세탁해서, 부족하지 않도록 넉넉하게 챙겨 드릴 테니. 저 아마추어 아닙니다, 서로 윈윈하는 법이 뭔지 잘 알아요."

이석천은 그 말을 마지막으로 나가 버렸다. 그가 나가자 정철우는 무거운 한숨을 내쉬며 넥타이를 느슨하게 풀었다. 정수아는 닫힌 문을 노려보다가 정철우의 맞은편에 앉았다.

"……천왕 길드의 독점은 당연히 안 되는 말이지만, 저 사람이 하는 말이 아주 틀린 말은 아니다."

"아빠."

"4년이다. 무려 4년이야. 그동안 얼마나 많은 사람이 죽었다고 생각하니?"

"……"

"토벌전은 권능을 받지 못한 헌터들에게는 확실히 기회라고 할 수 있어. 레벨도 많이 오르고 권능을 받을 확률도 꽤 높으니까…… 하지만 그것에 눈이 멀어 많은 헌터들이 죽는 것도 사실이지."

"……."

"토벌 자체가 희망 고문인 것은 사실이지."

정철우는 그렇게 중얼거리며 담배를 꺼냈다.

"기회가 잡을 재주가 있는 사람에게 주어져야 하는 것도…… 잔인하지만 맞는 말이고."

"아빠."

담배에 불을 붙이려는 정철우를 향해, 정수아가 넌지시 말했다.

"금연하신다면서요."

분위기상 하나 피우려고 했는데.

정철우는 꺼낸 담배를 다시 집어넣었다.

어비스 출입소는 부푼 기대를 안고 모인 헌터들로 북적거리고 있었다. 그들 중 태반은 일정 수준의 레벨이 되었지만, 아직 권능을 얻지 못한 헌터들이었다. 그렇기에 그들은 이번 토벌로 자신의 인생이 바뀌지 않을까, 하는 기대를 품고 있었다.

"미쳤어요?"

이런 경우를 한두 번 보는 것은 아니다. 하지만 아무리 그래도 정도가 있어야 하는 것 아닌가.

직원은 어처구니가 없다는 얼굴을 하고서 백현을 바라보았다. 권능이 없는 것이야 그렇다고 칠 수 있다. 그런 헌터가 한 둘인 것은 아니니까. 하지만, 적어도 레벨은 있어야 할 것 아닌가?

"계약도 안 했으면서 토벌에 참가하겠다니! 저기요, 백현 씨. 뭔가 착각하는 모양인데, 토벌에서 죽어도 생명수당 같은 건 안 주거든요?"

"알아요."

"설마 죽고 싶어서 그러는 거예요? 그럴 거면 어비스에서 죽어요, 어비스에서. 여기서 죽으면 시체 치우는 것도 일이란 말이에요."

"안 죽어요."

"아니면 뭐, 죽기 전에 스펙타클한 경험 같은 거 해보고 싶어서 그래요? 뭐 이런 사람이 다 있어, 불과 며칠 전에 헌터 됐으면서 토벌에 참가…… 게다가 계약도 안 하고!"

직원이 신랄한 어조로 쏘아붙였다.

"부모님이 알면 뭐라고 생각하겠어요?"

"저 고아예요."

백현의 대답에 직원의 말문이 막혔다.

"그리고 말했잖아요. 안 죽는다고. 다 생각이 있어서 들어가는 거예요."

"……설마 백현 씨, 그런 거예요? 인터넷 방송 BJ?"

직원이 눈썹을 찡그리며 말했다.

"영상 촬영이 불법은 아닌데, 아무리 그래도 목숨 소중한 줄은 알아야지."

"그런 사람들도 있나 봐요?"

"왜 없겠어요?"

"어비스 안으로 영상기기 반입 같은 것은 못하지 않아요?"

"꼼수야 많죠. 하이로드 쪽 권능 중에는 시각 정보를 저장하는 마법도 있고, 그것을 현실에 옮겨 와…… 아니, 이게 중요한 게 아니라. 돌아가시라니까요."

"헌터가 토벌에 참가하는 건 자유잖아요."

"그건 그렇지만, 아무리 그래도 죽을 게 뻔한 사람을……"

"괜찮아요."

백현은 피식 웃으며 말했다. 담담한 목소리였지만, 그 말을 들은 직원의 얼굴에 담겼던 감정이 천천히 가라앉았다.

이상한 일이었다. 군주와 계약하지 않은 헌터. 사실 그것은 헌터라고 할 수도 없다. 그냥, 어비스에 드나들 수 있는 평범한 일반인일 뿐이다. 그런데도 직원은 백현의 '괜찮아요'라는 말을 들은 순간, 정말 '괜찮다'라는 생각이 들었다.

"걱정해 줘서 고마워요."

기분이 나쁘지는 않았다. 어조가 신랄하기는 했지만, 어디까지나 직원이 하는 말은 백현의 목숨을 걱정하기 때문이었다. 백현은 유쾌한 기분이 되어 히죽 웃었다.

"어……?"

직원이 당황한 소리를 냈다. 책상 위에 놓여 있던 펜과 종이가 둥실 떠올랐다.

그것들은 직원의 눈앞을 지나 백현의 앞으로 날아왔고, 백현은 보란 듯이 펜과 종이를 잡았다. 그러고는 종이 위에 즉석에서 사인을 해주었다.

"받아요."

"이게…… 뭐예요?"

"사인요."

"이걸 왜……?"

"그냥 주는 거예요. 버리지 말고 가지고 있어 봐요."

백현은 웃는 얼굴로 대답했다. 직원은 멍한 눈을 깜박거리며 백현을 바라보면서도, 그가 말한 대로 사인을 버리지 않고 얌전히 서랍 안으로 집어넣었다. 그리고 묵묵히 백현의 토벌참가 서류를 작성해 주었다.

"……안으로 들어가서 대기해 주세요."

"네, 감사합니다."

긴 통로를 걸어 이동했다. 어비스 출입소는 어비스에서 기어 나오는 몬스터들을 가로막는 방벽의 역할도 하고 있기 때문에, 몬스터가 기어 나오는 구멍과 마주하기 위해서는 그 방벽의 안을 관통해서 이동해야 한다.

방벽이 세워지고서 4년. 아직까지 몬스터에게 벽이 뚫린 적은 한 번도 없었다.

어비스와 직면하고 있는 문은 이미 열려 있었다. 그 너머, 무성히 자란 잡초의 벌판 위에 헌터들이 모여 앉아 휴식을 취하고 있었다.

백현은 핸드폰을 꺼내 시간을 확인했다. 시간은 오전 10시가 넘었다.

어비스에서 몬스터가 기어 나오는 시간은, 태양이 표준 자오선을 지나는 순간이다. 즉, 앞으로 두 시간 뒤인 정오에 몬스터가 기어 나온다.

백현은 위를 올려 보았다. 방송국 헬기들이 떠 있었다. 처음 어비스에 들어갈 때 섰던, 원형 돔을 빙 둘러싼 유리 벽 너머에도 방송국 카메라들이 빼곡하게 세워져 있었다.

헌터들 중에도 무리를 지은 이들이 있었다. 토벌에 참가한 길드 중에 가장 큰 것은 천왕이었지만, 그들 외에도 중소 길드가 몇 개 더 참가했다. 그리고 길드에 가입하지 못한 헌터들도 자기들끼리 힘을 합치기 위해 한쪽에 뭉쳐 있었다. 어떻게든 활약해 군주들의 눈에 들고, 방송국 카메라에 찍히기 위해서였다.

백현은 그들에게 별반 관심을 보이지 않았다. 그들 역시 백현에게 관심을 보이지 않았다.

백현의 차림새 때문이었다. 무기도 들지 않고 방어구도 입지 않았다. 백현은 움직이기 편한 반팔 반바지 차림에 운동화를 신고 있었다.

다른 헌터들이 보기에 백현은 기본도 갖추지 못한 놈이었다. 권능이 없다면 그를 대신하기 위한 노력이라도 해야 한다.

코인을 벌어 좋은 무기를 사던가, 방어구를 사던가 하는 식으로. 그것조차 하지 않았으면서 여기는 뭐하러 온단 말인가?

몇몇 헌터들이 백현에게 사나운 시선을 보냈다. 백현은 그들의 노골적인 적의를 느꼈다. 하지만 반응해 주지는 않았다. 그는 사람이 몰리지 않은 뒤쪽에 가부좌를 틀고 앉았다. 그리고 천천히 파천신화공을 운용했다.

아주 은밀하게.

거대한 내공은 단전 안에 있으면서도 겉으로 보이지 않는다. 백현이 숨기고자 한다면 그 누구도 백현의 힘을 알아차릴 수가 없다. 무공을 익혔음에도 그것이 겉으로 드러나지 않는 반박귀진의 단계는 이미 오래전에 이루었다.

백현은 편하게 호흡하면서 진기를 끊임없이 움직였다.

"몇 명이냐?"

"중소 길드가 여섯에, 총 117명입니다. 일반 헌터는 213명입니다."

이석천은 파라솔까지 펼쳐두고서 간이 의자에 앉아 다리를 꼬았다. 7월의 날씨는 푹푹 쪄서 가만히 서 있기만 해도 땀이 뻘뻘 흘러내린다.

"강원도는 빌어먹을 곳이야. 여름에는 덥고 겨울에는 춥고. 빌어먹을, 내가 10년만 늦게 태어났어도 어비스 덕으로 군대도 안 갔을 텐데."

이석천은 그렇게 투덜거리면서 손가락을 까딱거렸다. 그러자 곁에서 보고를 올리던 남자가 즉시 이석천의 곁에 다가가 바람의 정령을 불러주었다. 시원한 바람이 더위를 날려주자, 이석천은 호들갑을 떨며 말했다.

"크, 이거지. 에어컨의 인조 바람이랑은 비교가 안 되는 자연의 바람. 이럴 줄 알았으면 나도 템페스트랑 계약할 걸 그랬어."

"얘기는 어떻게 되셨습니까?"

"잘되지는 않았지. 애당초 기대도 안 했지만, 입장이나 확실히 전한 것으로 만족하자고. 심각성을 몰라요, 심각성을. 벽이 몇 개 무너져 봐야 정신을 차리려나."

이석천은 그렇게 투덜거리면서 등 뒤를 힐긋 보았다. 수십 미터에 달하는 벽이 수십 겹.

"아니면 떼 몰살을 당하거나."

이석천은 그렇게 중얼거리면서 커다란 선글라스를 꺼내 콧잔등에 걸쳤다. 한국에서 깨나 힘을 쓰는 길드라고는 해도 천왕이 관리국에 독점을 강요할 수는 없다. 그건 이석천도 잘 알고 있었다. 그럼에도 굳이 출입소장을 찾아갔던 것에는 나름의 이유가 있었다.

한국은 작은 나라다. 대부분의 직업이 그렇겠지만, 결국 헌터도 누가 더 많은 파이를 차지하느냐의 싸움이다. 한국 최고의 헌터인 박준환이 사도의 시련을 받기 시작하면서, 그가 이끄는 혈맹 길드는 벌써 몇 달 동안 몬스터 토벌에 참가하지 않게 되었다.

그건 서민식도 마찬가지였다. 놈이 템페스트의 예비 사도로 정해졌다는 소식은 들리지 않았지만, 몇 달 동안이나 몬스터 토벌에 참가하지 않은 것을 보면⋯⋯. 놈도 더 이상 몬스터 토벌을 통해 템페스트에게 별다른 보상을 받지 못하는 것은 틀림없어 보였다. 그리고 아마, 정수아도 마찬가지겠지.

'레벨 200이 넘어가는 놈들은 어지간해서는 토벌에 참가하지 않아. 그 정도 레벨이 되면 토벌 정도로는 군주의 관심을 살 수가 없으니까.'

그건 이석천에게 있어서는 절호의 기회라고 할 수 있었다. 박준환, 서민식, 정수아가 토벌에 참가하지 않는다면, 한국에 하나밖에 없는 화천의 어비스는 사실상 이석천과 천왕 길드가 독점할 수 있는 것이다.

본래 이석천의 계획은, 그 기회를 최대한 살려 그 자신의 레벨도 키우고 길드원 전체의 레벨도 높여서, 천왕 길드를 세계적인 길드로 만드는 것에 있었다.

혹시 모르니 관리국 쪽에 아예 독점권까지 따내고 싶었지만, 그것도 어디까지나 한 번 찔러나 본 것이지 정말로 가능하리라는 확신하에 한 행동은 아니었다. 되면 당연히 좋은 거고, 안 되면 어쩔 수 없는 것이다. 어차피 혈맹이 토벌에 참가하지 않는 이상, 지금의 한국에서 천왕 길드를 견제할 헌터나 길드는 없다.

"몇 달간 토벌에 손을 뗄까요?"

"남 좋은 일을 시켜줄 수는 없지. 우리가 참가 안 하면 다른 새끼들이 나눠 먹을 거 아냐? 돈 찔러줄 때 해주면 얼마나 좋아."

"차라리 정수아를 영입하는 편이?"

"그 건방진 년이 밑으로 기어올 리가 없지. 차라리 어비스에 처박혀 주면 좋을 텐데. 박준환 그 아저씨도 대답이 없고."

이석천은 쩝- 하고 입맛을 다셨다. 박준환의 길드인 혈맹에게 동맹을 제안한 것이 벌써 한 달 전이지만, 아직까지 대답이 돌아오지 않고 있었다.

"뭐, 서두를 것은 없지. 일단 이번 토벌부터 잘 마무리하자고."

이석천은 껄껄 웃으면서 담배를 물었다.

오전 11시가 넘었을 때 정수아가 문을 나왔다. 그녀는 한쪽에 모여 있는 천왕 길드를 힐긋 보면서 눈썹을 찡그렸다.

유리 벽 너머에 있는 카메라들이 천왕 길드를 중심으로 잡고 있는 것을 보니 기분은 더욱 복잡해졌다. 방송사에 로비를 넣는 것이야 그녀가 알 바는 아니었지만, 이곳에 모인 헌터의 숫자만 수백인데 천왕 길드만 주목받는 것은 그리 유쾌한 기분은 아니었다.

'될 놈······.'

이석천이 이죽거렸던 말이 머릿속을 어지럽혔다. 정수아는 짧게 한숨을 내쉬며 주변을 둘러보았다. 이러니저러니 해도 정수아는 유명인이었고, 이석천이 말한 것처럼 '될 놈'이었다.

그녀가 등장하자 천왕을 잡고 있던 카메라들이 그녀에게 향했고, 헌터들도 웅성거리며 정수아를 보았다. 그럴 만도 했다. 정수아는 박준환, 서민식과 함께 한국에서 가장 유명한 헌터 중 하나다.

레벨도 무려 213으로, 천왕의 길드장인 이석천보다 높았다. 게다가 그녀는 한국에서 유일하게 '재생의 뱀'과 계약하고 권능을 받은 헌터기도 했다. 동경과 시기에 찬 시선은 익숙하면서도 부담스러웠다. 정수아는 낮게 헛기침을 하면서 목에 걸고 있던 선글라스를 올려 썼다.

햇빛이 너무 강해서야. 그런 식으로 행동을 합리화하며, 정수아는 그늘 가를 찾았다. 인적이 드문 곳에 한 남자가 앉아 있는 것이 보였다. 몬스터가 어비스에서 기어 나오기 전에 휴식을 취하는 것인가 싶었는데, 마냥 편하게 휴식을 취하는 것 같은 자세는 아니었다. 정수아는 조금의 의아함을 느끼며 남자에게 다가갔다. 갑옷도, 무기도 입지 않았다.

사실 모든 헌터가 갑옷을 입고 무기를 드는 것은 아니지만, '권능'이 없는 헌터는 갑옷을 입고 무기를 든다는 편견은 정수아로서도 어쩔 수 없이 가지고 있었다.

가부좌는 마냥 편한 자세는 아니다. 오히려 옆에서 보고 있자면 너무 꼿꼿한 정자세라 답답해 보인다.

정수아는 묘한 표정을 지으며 백현을 바라보았다. 동네 편의점이라도 가는 것 같은 편한 옷차림에 불편한 자세.

얼마 지나지 않아 어비스에서 몬스터들이 올라올 텐데 표정은 평온하기 그지없었다.

"……저기요."

정수아는 궁금증을 이기지 못해 말을 걸고 말았다. 겉으로 보기에는 참 별 볼일 없는 사람 같은데, 이상하게 분위기는 그럴듯했다.

"네?"

백현은 감고 있던 눈을 뜨고서 정수아를 힐긋 올려 보았다.

"……여기서 뭐 하세요?"

"명상이요."

"……지금요?"

백현의 대답에 정수아의 입술이 반쯤 벌어졌다.

"네."

"……아…… 토벌에 익숙하신가 봐요? 긴장도 안 하신 것 같고…‥"

"아뇨, 처음이에요."

"……아…… 그럼 그런 거예요? 긴장을 풀기 위한 명상……."

"아니, 그냥 할 일도 없어서. 시간 때울 겸."

백현의 대답에 정수아는 대답할 말이 마땅치 않아 우두커니 서 있기만 했다. 머리가 조금 복잡해졌다.

나름 자신이 있어서 저러는 것일까. 혹시 내가 알지 못하는 실력자인가?

"……혹시…… 이름이?"

"백현이요."

처음 듣는 이름이었다.

"왜요?"

"……아, 아니에요."

못 알아보는 건가?

정수아는 괜스레 선글라스를 살짝 내렸지만, 백현은 그녀에게 별 관심을 주지 않았다. 대신 다른 것을 물어보았다.

"지금 몇 시예요?"

"네? 어…… 11시 20분이요."

"곧 나오겠네요."

"……네. 아, 제 이름은 정수아예요."

"아, 그 정수아 씨?"

백현이 알아보자, 정수아는 내색하지 않으며 고개를 끄덕거렸다.

"네."

"어쩐지, 좀 세 보이더라."

"……네?"

백현의 중얼거림에 정수아가 의아한 표정을 지었다. 백현은 더 이상 말하지 않고 히죽 웃기만 했다.

'뭐야?'

정수아는 기묘한 기분을 느끼며 백현을 바라보았다. 이상한 사람이었다. 그리 강해 보이지 않는데 여유가 넘치고, 자신을 알면서도 놀라지 않는다. 토벌이 처음이라면서도 다른 헌터들처럼 긴장하지도 않는다. 백현…… 정수아는 다시 한번 기억을 뒤져 보았지만, 여전히 그 이름은 들어본 적이 없었다.

서로가 서로에게 말을 걸지 않는, 침묵 속에서 시간이 더 흘렀다. 정수아는 백현의 옆에 우두커니 서서 정오가 되는 것을 기다렸다.

백현도 눈을 감고 파천신화공을 운용했다. 30분이 되자 벽의 문이 닫혔다.

40분이 되자 기다리고 있던 헌터들이 몸을 일으키고 토벌을 준비했다. 50분이 되자 여유를 부리던 이석천도 일어섰고, 파라솔과 의자가 치워졌다. 천왕 길드원 100명이 조금 뒤쪽으로 빠져 태세를 정비했다.

"저기요."

답답한 침묵을 이어가던 정수아가 참지 못하고 입을 열었다.

"이제 슬슬 나올 텐데요."

"알아요."

백현은 감았던 눈을 뜨며 대답했다.

"수아 씨."

"네?"

"수아 씨는 강해요?"

"……그게 무슨 소리예요?"

"다들 그러더라고요. 한국에서 제일 뛰어난 헌터 셋. 박준환, 서민식, 정수아. 수아 씨는 얼마나 강해요?"

갑작스럽고 두서없는 질문이었다. 그 말에 정수아는 두 눈을 깜박거리며 백현을 보다가, 천천히 대답했다.

"……과분한 말이에요."

"질문이 너무 애매했나? 그러면 이건 어때요? 박준환, 그 사람이랑 비교하면 수아 씨는 얼마나 강해요?"

그 말에 정수아의 눈썹이 꿈틀거렸다.

"……대체 왜 그런 것을 물어보는 건지 모르겠지만, 너무 무례하다고 생각하지 않으세요?"

"아…… 미안해요. 너무 궁금해서요."

"……박준환…… 그 아저씨는 예비 사도예요. 저랑은 비교가 안 될 정도로 강하죠."

정수아가 작은 목소리로 대답했다. 그 말에 백현은 정수아를 잠시 뚫어져라 보았다.

"알았어요."

그렇게 대답하고서, 백현은 엉덩이를 툭툭 털며 몸을 일으켰다.

정오가 되었다.

쿠르르르릉!

어비스의 안쪽에서 커다란 소리가 울렸다.

기어 나온다. 처음 그 말을 들었을 때, 백현은 말 그대로 구멍에서 몬스터들이 기어 나오는 것이라고 생각했었다.

하지만 실상은 조금 다르다. 엄밀히 말하자면, 몬스터는 어비스를 통해 '소환'된다. 시커먼 빛들이 어비스의 안쪽에서 솟구쳐 올랐다. 빛들은 어비스의 바로 앞의 땅으로 떨어졌고, 빛의 안쪽에서 흉측하게 생긴 몬스터들이 몸을 일으켰다.

"왔어요."

정수아가 싸늘한 목소리로 내뱉었다. 빛들은 멈추지 않고 계속해서 솟구쳐 올랐다.

어비스에서 소환되는 몬스터는 매번 그 숫자가 늘어나고 있었다. 이번에는 또 얼마나 많은 사람이 죽을지. 정수아는 선두에서 고함을 내지르는 헌터들을 안타까운 눈으로 바라보았다. 할 수 있다면 최대한 희생을 줄이고 싶었다. 정수아의 양손이 녹색빛에 휘감겼다.

"먼저 갈게요."

백현은 즐거운 목소리로 말하며 정수아의 옆을 지나쳤다.

"네?"

정수아가 놀란 소리를 냈을 때, 백현은 이미 공중을 날고 있었다.

"가즈아아!"

이석천이 길드원들의 사기를 북돋기 위해 고함을 질렀다. 그의 전신이 혈사자의 권능인 배틀오러에 휘감겼다. 그를 따르는 길드원들도 이석천의 외침에 화답하여 힘찬 고함을 내질렀다.

"죽여!"

권능을 갖지 못한 헌터들이 악에 받친 고함을 내질렀다. 그들은 이곳에 있는 그 누구보다도 간절했고 필사적이어야만 했다.

매달 말일 현실에서 출현하는 몬스터는 어비스에서 출현하는 몬스터보다 사냥했을 때의 효율이 좋다. 레벨도 쉽게 올릴 수 있고 군주들의 눈에 들기도 쉽다. 그만큼 권능을 받을 확률도 높다.

물론 위험성도 크다. 몬스터의 숫자도 많을뿐더러 현실에 나타나는 몬스터는 특히나 강력하다.

하지만, 그럼에도 매달 말일 토벌에 참가하는 헌터의 숫자는 줄지 않는다.

토벌 자체가 군주의 많은 관심이 쏠린 이벤트기도 했고, 수백 명의 헌터와 힘을 합칠 수 있다는 점이 헌터들을 용감하게 만들었다. 자기 대신에 다른 놈이 대신 죽을 수도 있다는 점. 그건 달리 말하자면 다른 놈 대신에 자기가 죽을 수도 있다는 점이지만, 군중의 광기는 헌터들을 미치게 만들었다.

"몬스터가 출현했습니다!"

헬기 위의 리포터들이 마이크를 부여잡고 외쳤다. 그들은 내심 안도하고 있었다. 비행 몬스터가 출현했다면 일이 엿 같아졌을 것이다.

"헌터들이 진군하고 있습니다. 보십시오, 천왕 길드의 이석천 씨가 혈사자의 권능을 사용했습니다!"

"아아아아아!"

"들리십니까? 워크라이! 워크라이입니다. 이 높이에서까지 이석천 씨의 외침이 들리는군요!"

로비를 빵빵하게 넣은 덕에 리포터들은 철저하게 천왕 길드와 이석천을 위주로 하여 중계를 하고 있었다.

사실 그것을 떠나서, 이석천과 천왕 길드는 이 토벌전에서 뭘 해도 두각을 보일 수 있는 실력을 갖춘 길드였다. 굳이 로비까지 넣은 것은 무엇보다 확실하게 하기 위해서일 뿐이다.

"……어…… 그런데 저게 뭐죠?"

리포터 중 하나가 당황한 소리를 냈다.

배틀오러에 휘감긴 이석천이 워크라이로 쩌렁쩌렁한 고함을 지를 때. 정수아가 당황한 소리를 낼 때. 선두의 헌터들이 몬스터의 진격을 막기 위해 앞으로 달려 나갈 때.

백현은 땅을 박차고 도약해, 공중을 달리고 있었다. 그는 바람이 스쳐 지나가는 것을 느끼며 사람들의 머리 위 하늘을 달렸다. 땅에 선 사람들은 백현이 자신의 머리 위를 달리고 있다는 것도 알지 못했다.

"저 새끼 뭐야?"

지나가고 나서야 알았다. 이석천이 고함을 지르는 것을 멈추고서 소리를 질렀다. 백현은 천왕 길드의 진형을 지나쳐, 선두의 헌터들까지 뛰어넘었다. 그러고도 멈추지 않았다. 백현은 아예 몬스터 무리의 한가운데에서 멈추었다.

헌터들의 사고가 순간 정지했다. 수백에 달하는 헌터들 모두가 백현을 보았다. 그들은 무슨 일이 일어난 것인지 이해하지 못했다.

깊고 깊은 어비스의 가까운 곳. 수백에 달하는 몬스터의 한가운데. 백현은 그 위치의 공중에 멈춰 서 있었다.

백현은 두 눈을 내리깔고 아래를 보았다. 몬스터들이 크륵거리는 소리를 내며 그를 올려 보고 있었다. 이번에 출현한 몬스터들은 황소만한 크기를 가진 벌레들이었다. 그 종류도 무척이나 다양했다. 어떤 놈은 바퀴벌레를 닮았고, 어떤 놈은 곱등이를 닮았다.

사마귀에 그리마에…… 백현은 질색이라는 표정을 지으면서 눈살을 찡그렸다.

'고수가 되어도 여전히 벌레는 징그럽구나.'

백현은 그런 생각을 하면서 내공을 끌어 올렸다. 작은 것도 징그러운데 크기까지 크니 더 징그러웠다. 저 털이 무성한 다리가 몸에 닿는 생각을 하니 끔찍한 기분이 들었다. 그렇다면 안 닿으면 된다. 파천신화공이 운용되었다. 백현의 몸이 검은색 호신강기에 둘러싸였다.

"배틀오러?"

이석천이 당황한 소리를 냈다. 겉보기에는 꽤 비슷했지만, 격이 다르다. 백현은 호신강기를 몸에 두르고서 오른발을 높이 들었다.

아래로 떨어지면서 발을 땅으로 내리찍었다.

꽈아아앙!

땅거죽은 뒤집히지 않았다. 지면이 뒤흔들리지도 않았다. 그런 불필요한 현상은 일어나지 않았다. 전히 절제된 힘은 필요한 파괴만 일으켰다. 한 번 발을 구른 것으로 퍼져 나간 기의 파동이 수십 마리의 벌레들을 터뜨렸다. 아니, 터뜨렸다고도 할 수 없었다. 잔해도 피도 남지 않았다. 그건 단순한 소멸이었다.

"하하!"

백현은 즐거운 웃음을 터뜨리며 양손을 들어 올렸다.

콰르르르!

그의 양손이 시커먼 빛에 휘감겼다. 마음껏 힘을 발산할 수 없다는 것이 조금 아쉬웠지만 어쩔 수 없었다. 만약 그랬다가는 주변 사람들이 휘말려 떼 몰살당할 것이고, 몬스터들을 막기 위해 세운 벽도 무너질지도 모른다.

'힘 조절.'

그걸 신경 쓰면서. 백현은 강기를 흩뿌렸다.

콰콰쾅!

나름대로 힘을 조절했다지만 파괴력은 경이적이었다. 덤벼드는 몬스터들은 백현에게 가까이 다가가지도 못하고 강기의 폭풍에 휩쓸려 그대로 소멸해 버렸다.

"저, 저 새끼 뭐야?"

이석천이 경악해서 외쳤다. 생긴 것도 처음 보는 데다가, 이해할 수 없는 것은 놈이 펼치고 있는 '권능'이었다.

처음에는 자신과 같은 혈사자의 권능인 줄 알았다. 백현의 호신강기가 혈사자의 배틀오러와 흡사했기 때문이다.

하지만 지금 펼치는 공격. 사방을 휩쓸어대는 저 파괴력은 광역섬멸에 특화된 템페스트의 권능과 비교해도 화력이 뒤지지 않는다. 그렇다는 것은 마법사인가?

템페스트나 하이로드, 아니면 위치엔드 쪽의 권능일까. 저 정도의 힘을 갖춘 놈이 있었던가?

"어, 어떡하죠?"

길드원이 머뭇거리며 물었다. 그 질문에 이석천이 빠득 이를 갈았다.

"어떡하기는, 뛰어! 저 새끼가 다 죽이게 할 거야?"

이석천이 고함을 질렀다. 그라고 해서 저 정도 몬스터가 두려워 혼자 난입하지 않는 것이 아니다. 저 정도라면 이석천 혼자서도 충분히 싸울 수 있다. 단지, 저놈들을 다 죽이고 난 뒤에 출현하는 보스 몬스터를 상대하기 위한 여력을 남겨두기 위해 조금 뒤로 빠져 있을 뿐이었다. 그렇다고는 해도 한 놈이 저렇게 나대게 둘 수는 없다. 보스 몬스터를 죽이는 것은 이석천의 몫이지만 토벌에서의 활약은 천왕 길드의 몫이다.

"우, 우와아악!"

선두의 헌터들이 당황하면서도 앞으로 뛰었다. 그것을 힐긋 본 백현은 작게 혀를 찼다. 저들의 간절함을 이해하지 못하는 것은 아니지만, 사람들이 섞여 들어오면 귀찮아진다. 이럴 줄 알았으면 더 빨리 끝낼 걸 그랬나. 백현은 그런 생각을 하면서 양손을 들어 올렸다.

포옹.

그의 손바닥 위에 검은 강기 구슬이 솟구쳐 올랐다. 주먹만한 크기의 강기 구슬이 그보다 조금 크게 부풀어 올랐다.

백현이 손을 한 번 쥐었다가 펼치자 강기 구슬이 공중에서 출렁거리고 꿈틀거렸다.

백현은 주변을 쓱 한 번 둘러보았다. 달려드는 몬스터들. 그런 몬스터에게 덤벼드는 헌터들. 그들의 움직임을 살피고, 어떻게 움직이는지, 어느 정도의 속도를 가지고 움직이는지 파악했다. 그리고 주먹을 꽉 쥐었다.

파바바박!

구슬 안에 응축되어 있던 힘이 사방으로 뿜어졌다. 그것은 무수히 많은, 얇디얇은 강기의 송곳이 되었다. 그 공격은 실처럼 가늘었지만 닿는 것을 모조리 꿰뚫고 마는 위력이 실려 있었다.

"······으헉······."

종이 한 장 차이였다. 칼을 휘두르는 헌터의 몸을 아슬하게 실이 스쳤다. 조금만 더 앞으로 갔더라면 몸이 강기의 실에 꿰뚫렸을 것이다.

백현은 다시 한번 주변을 쓱 둘러보았다. 조금 전의 공격에 휘말려 죽거나 다친 사람은 아무도 없었다. 애초에 노렸던 대로, 방금의 공격은 몬스터만 죽였다.

"감 안 죽었네."

백현은 히죽 웃으며 말했다. 이 정도로 정교하게 내공을 다루는 것은 꽤 오랜만이었지만, 백현은 자신이 벌인 일에 만족했다. 움직이는 사람은 없었고, 움직일 수 있는 몬스터도 없었다. 방금의 공격으로 몬스터는 이미 전멸했다.

이석천은 할 말을 잃고서 백현을 바라보았다.

뭐냐 저건. 대체 뭔지 모르겠다. 조금 전의 그것도 마법인가? 저게 마법이라고?

한국의 양대 길드로 꼽히는 천왕. 그 길드장 자리를 로비만으로 얻은 것은 아니다. 나름대로 알고 있는 지식은 많다. 어비스의 13 군주 중에서 마법은 그 계통이 다양하다. 템페스트가 광역 섬멸에 특화된 정령 마법이라면 하이로드는 정신 계통의 마법이고, 위치엔드의 마법은 범용성이 높다.

이석천이 보기에 조금 전 백현이 펼친 공격은 셋 중 어느 군주의 권능과도 닮지 않았다. 굳이 닮은 것을 꼽자면, 흑장미의 여왕의 권능인 '죽음의 가시'와 닮아 있었다.

'한국에 흑장미의 여왕과 계약해 권능을 받은 놈이 있었나……? 아니, 단순한 권능이 저 정도의 위력을 보일 리가…… 저 정도 수준이라면 예비 사도에 준할 정도야.'

이석천은 꿀꺽 침을 삼켰다.

어비스 관리국은 모든 헌터의 프로필을 관리하고 있다. 어떤 군주와 계약하였는지, 레벨이 몇인지. 한국에 흑장미의 여왕과 계약해 권능을 받은 헌터가 있다면 화제가 되었어도 진즉에 돼야 한다.

"몬스터는 다 잡았고."

백현은 그렇게 중얼거리며 주변을 쓱 둘러보았다.

"진짜는 다음인가?"

대답해 주는 사람은 없었다. 정수아는 멀찍이 서서 입을 벌리고 백현을 보고 있었다.

그녀 역시 이석천과 마찬가지로 경악하고 있었다.

'예비 사도……? 대체 어떤 군주의?'

정수아는 자신의 힘에 상당한 자신을 가지고 있었다. 재생의 뱀은 까다로운 군주였고, 계약과 권능을 어지간해서는 권하지 않는다. 그런 만큼 재생의 뱀의 권능은 강력하고 위험하다. 그녀 역시 마음먹는다면 백현이 했던 것처럼, 나타난 몬스터를 쉽사리 몰살시킬 자신이 있었다.

하지 않는 것은 그녀의 능력이 피아를 구분하지 못하기 때문이다. 그것은 대부분의 권능이 마찬가지였다.

대규모 공간을 타격하는 광역 섬멸 마법은 피아를 구분하지 않는다. 온라인 게임에서야 아군의 위치에 마법을 써도 대미지가 들어가지 않는 것이지, 현실에서는 아군에게 총을 쏴갈기면 그냥 죽는다. 마법도 다를 것이 없다.

하지만 백현의 공격은 놀랍게도 피아를 완벽하게 구분했다. 그런 종류의 공격이어서가 아니다. 백현 본인이 공격을 완벽하게 통제했다. 그 공격의 정교함에 정수아는 소름이 돋는 것을 느꼈다. 만약 조금만 오차가 생겼다면…… 도대체 얼마나 많은 사람이 방금의 공격으로 죽게 되었을까.

서로 다른 경악 속에서.

파앗.

어비스에서 거대한 빛이 솟구쳐 올랐다. 백현은 머리를 들어 빛이 하늘에서 떨어져 내리는 것을 보았다.

쫘앙!

즐비한 몬스터의 시체 한가운데에 빛이 떨어졌다. 그 안에서 거대한 괴물이 몸을 일으켰다. 여태까지 나타났던 벌레들도 벌레답지 않게 거대했지만, 이번에 등장한 보스 몬스터는 마지막에 등장한 놈답게 그 크기부터 남달랐다.

백현은 거대한 건물 크기의 전갈을 보면서 짝짝 박수를 쳤다.

"또 벌레냐."

전갈도 벌레인가?

문득 그런 생각이 들었지만, 전갈이 벌레든 말든 그게 무엇이 중요하랴.

"안 돼!"

백현이 보스 몬스터를 향해 다가가는 것을 보며 이석천이 고함을 질렀다.

"저 새끼는 내 거야!"

필사적인 워크라이가 백현의 발을 묶으려 들었다. 본래 워크라이는 이석천이 적으로 인식한 이들의 몸을 굳게 하는 외침이다. 지금 이 순간, 이석천은 백현을 분명한 적으로 인식했다. 하지만 그의 워크라이는 백현을 조금도 움찔하게 하지 못했다.

"아저씨 목소리 엄청 크네요."

백현은 그렇게 투덜거리면서 전갈을 향해 훌쩍 뛰어올랐다. 이석천은 얼굴을 일그러뜨리면서 백현을 따라 함께 도약했다.

8장
나라면

놈이 누구인지는 모르겠다. 여태까지의 전투에서 보여주었던 힘이 대체 어떤 군주의 권능인지도 파악이 되지 않았다.

하지만 그게 무슨 상관인가?

이석천은 백현에 대한 판단은 뒤로 보류했다. 다른 몬스터는 피눈물을 흘리며 양보해 줄 수 있었지만, 보스 몬스터까지 양보해 줄 마음이 없었다.

"멈춰!"

이석천은 목이 터져라 외치면서 백현을 향해 손을 뻗었다. 백현은 이석천의 그런 외침을 똑똑히 들었다. 하지만 멈추라는 말을 들었다고 멈출 생각은 없었다. 백현은 이석천이 누구인지 정도는 알고 있었다.

천왕의 길드장. 친구인 서민식이 경계하라고 한 남자.

'꽤 세긴 하네.'

그럭저럭이라고 할 정도는 되었다. 백현은 등 뒤에서 들리는 외침을 들으면서 전갈의 높이까지 뛰어올랐다.

전갈의 거대한 꼬리가 움직였다. 그 크기에 어울리지 않을 정도로 민첩한 속도였다. 꼬리 끝에는 살벌한 크기의 독침이 달려 있었지만, 전갈의 공격은 그 침으로 찌르는 것이 아니라 꼬리 전체로 때려 갈기는 것이었다.

백현은 여유롭게 조금 더 높이 뛰어오르는 것으로 전갈의 공격을 피했지만, 그 뒤를 쫓던 이석천은 백현과 같은 공중곡예를 펼치지 못했다.

"씨······."

날아오는 커다란 꼬리를 보며 이석천의 얼굴이 일그러졌다.

꽈앙!

커다란 소리와 함께 이석천의 몸이 전갈의 꼬리와 충돌했다. 그는 그대로 뒤로 날아가 땅으로 추락했다. 몸을 휘감은 배틀오러와 높은 레벨 덕에 부상은 입지 않았지만, 대자로 땅에 뻗는 것까지는 피할 수 없었다.

"길드장님!"

길드원들의 외침 속에서 이석천은 벌떡 일어섰다. 이석천이 그러는 중에 백현은 이미 전갈의 등 위로 떨어져 내리고 있었다.

백현은 공중에서 양 무릎을 굽혔다. 백현의 몸에 천근을 아득히 넘어서는 무게가 실렸다.

쫘드드득!

백현의 몸이 시커먼 유성이 되어 아래로 떨어졌다. 땅이 움푹 꺼졌다.

전갈이 가진 네 쌍의 다리가 크게 굽혀지고 땅을 쑤시며 처박혔다. 백현은 숙였던 몸을 일으키며 아래를 내려다보았다.

"오."

꽤 힘을 주었다고 생각했는데 전갈의 등판은 조금 우그러진 것으로 그쳤다. 꽤 단단해 보인다고 생각하기도 했지만, 전갈의 갑각은 그 이상으로 단단했다.

"끼이익!"

게다가 기운이 넘치는 놈이었다. 꼬리 끝에 달린 거대한 독침이 백현을 노리고 등 뒤를 찌르고 들어왔다.

저 정도 크기의 침이라면 따끔하고 찔리는 것으로 끝나지 않는다. 독이고 뭐고, 찔리는 순간 몸보다 커다란 구멍이 나버릴 것이다.

인간이 아닌 몬스터와 싸운다는 것에 슬슬 실감이 나고 재미가 느껴졌다.

백현은 그 자리에서 몸을 반 바퀴 돌리며 주먹을 휘둘렀다. 주먹을 뒤덮고 있던 파천신화공의 강기는 주먹을 뻗는 순간

전방으로 폭사되었다. 전갈의 꼬리 끝에 달린 독침과 닿기도
전이었다.

푸확.

터지는 소리와 함께, 검은빛이 번쩍였다. 욕설을 내뱉으며 다
시 전갈에게 뛰어들던 이석천의 몸이 그 자리에서 얼어버렸다.

그 거대한 전갈의 꼬리가 흔적도 없이 사라졌다. 전갈이 다
리를 미친 듯이 버둥거렸다. 전갈의 몸 위에 서 있던 백현은 휘
청거리는 몸의 균형을 잡으면서 뻗었던 주먹을 쥐었다 폈다.

내심 아쉬운 기분이 들었다. 꽤 단단하기에 이번에도 버틸
줄 알았더니.

'이러면 너무 쉽잖아.'

백현은 그렇게 생각하면서 전갈의 몸 위에서 훌쩍 뛰어내렸
다. 그러자 커다란 집게발이 백현의 몸으로 날아왔다.

빠악!

백현이 휘두른 주먹과 전갈의 집게발이 허공에서 충돌했다.
그러자 집게발을 감싸고 있던 갑각에 쩍하고 금이 갔고, 그 커
다란 집게발이 뒤로 튕겨 나갔다.

반대쪽 집게발을 연이어 휘둘러 오자, 백현은 히죽 웃으며
다른 손을 활짝 펼쳐 그 집게발을 맨손으로 받아냈다.

집게발과 닿은 백현의 손은 미동도 하지 않았다. 오히려 전갈
의 집게발이 움찔거리며 떨리더니, 그 안에서 폭발이 일어났다.

닿는 순간에 흘러보낸 백현의 내공이 놈의 안에서 폭발을 일으킨 것이다.

녹색 체액이 사방으로 뿜어졌지만, 떨어지는 체액은 백현의 몸을 적시기도 전에 그의 몸을 휘감고 있는 호신강기에 닿아 증발되었다.

백현은 고약한 악취에 콧잔등을 찡그리며 중얼거렸다.

"이 정도군."

매달 말일 어비스에서 기어 나오는 보스 몬스터. 아무래도 과한 기대를 한 듯싶었다. 조금 즐길 수 있을지도 모르겠다고 생각했는데, 이 정도로는 안 된다. 이 정도 수준이어서야 몸풀기로도 부족하다. 백현은 아쉬움을 느끼면서 커다란 전갈의 몸뚱이를 보았다.

그저 크기만 할 뿐. 인간이 아닌 괴물과 싸운다는 것 자체에 재미를 느끼기는 했지만, 싸움 자체에 재미를 느낄 수는 없었다.

백현은 아침에 명상하며 지었던 미소를 떠올렸다. 오늘을 기대하며 지었던 미소는 너무 성급했었다. 백현은 혀를 차면서 고개를 절레절레 저었다.

"그러고 보니, 어비스에서 기어 나오는 몬스터는 매달 강해진다던데."

그렇다면.

"다음 달에는 너보다 센 놈이 나오겠지?"

하나밖에 남지 않은 집게발이 다시 휘둘러졌다. 백현은 기대 어린 미소를 지으며 강기를 일으켰다. 집게발은 이번에도 백현의 몸에 닿지 못했다. 휘두르는 속도 그대로, 앞으로 나아가면서, 통째로 사라졌다.

거기서 끝이 아니었다. 백현은 천천히 손을 휘둘렀다. 새카만 빛이 번쩍, 하고 터졌다. 터진 빛이 가라앉았을 때. 그곳에는 아무것도 없었다. 거대한 전갈은 자그마한 흔적조차 남기지 않고 완전히 사라져 버렸다.

백현은 자신에게 향하는 시선들을 느끼고서 주변을 쓱 둘러보았다.

많은 사람, 아주 많은 사람이 넋이 나간 얼굴로 백현을 보고 있었다. 그들은 아주 다양한 표정을 짓고 있었는데, 그 표정이 공유하고 있는 똑같은 감정은 경악이었다.

백현은 그들의 얼굴을 만족스러운 얼굴로 보다가, 문득 아까 실랑이를 벌였던 직원이 떠올랐다. 그 직원도 토벌전이 어떻게 진행되었는지 보았을 것이다.

'사인 안 버렸겠지?'

앞으로는 계약도 못 했고, 레벨도 없고…… 그런 취급을 받을 일은 없을 것이다. 그것만으로도 이렇게 거창하게 힘을 선보인 가치가 있다는 생각이 들었다.

"너…… 너 대체……."

이석천이 더듬거리며 입을 열었다. 그는 차마 백현에게 가까이 가지는 못하고, 멀찍이 서서 백현을 손가락으로 가리켰다.

"뭐 하는 놈……."

"내 이름은 백현이에요."

이석천의 말이 끝나기 전에, 백현은 크게 한 번 숨을 삼키고서 목소리를 냈다.

백현의 목소리가 커다랗게 울려 퍼졌다. 고함을 지르는 것은 아니었지만, 그의 음성은 주변의 모든 헌터들뿐만이 아니라 하늘에 떠 있는 헬기, 그리고 유리 벽 너머의 기자들에게까지 울렸다.

"나이는 올해 스물여섯 살이고, 며칠 전에 어비스에 처음 들어가 헌터가 되었어요."

그 말에 이석천의 입이 떡 벌어졌다. 방송국 카메라는 더 이상 이석천과 천왕 길드를 찍고 있지 않았다.

백현이 몬스터들 한가운데에 떨어져서 학살을 벌이기 시작했을 때부터, 모든 카메라는 백현을 찍고 있었다. 천왕 길드에게 로비를 받은 것은 사실이었지만, 그렇다고는 해도 백현의 활약을 찍지 않을 수는 없었다.

"군주랑 계약은 안 했고, 덕분에 레벨도 없어요. 거짓말 아니에요. 뻔히 들킬 거짓말을 할 이유는 없잖아요."

"뭔 개소리야?"

백현의 말에 이석천이 버럭 고함을 질렀다. 뻔히 들킬 거짓말. 백현이 말 한 대로였다. 저건 정말, 뻔히 들킬 거짓말이었다. 군주와 계약도 하지 않은, 레벨도 없는 인간이 어떻게 저런 말도 안 되는 일을 벌일 수 있단 말인가?

"못 믿겠으면 어비스 관리국에 물어보시던가."

백현이 시큰둥한 표정으로 대답하자, 이석천의 눈썹이 꿈틀거렸다.

"상태창 까봐!"

"까면 보여요?"

"보이지 왜 안 보여?"

"보이는 줄은 몰랐네요."

진짜로 몰랐다. 까라면 못 깔 줄 아나, 백현은 피식 웃으면서 상태창을 열었다. 그러자 이석천이 성큼성큼 백현의 앞으로 다가왔다. 그는 백현의 얼굴을 노려보며 내뱉었다.

"구라치다 걸리면 피 보는 거 안 배웠냐?"

"그거 어디서 많이 들어본 말인데. 영화에서 나오는 말 아니에요?"

"임마, 그 영화 안 봤어?"

"봤죠."

"어쨌든, 구라면 오함마로 그냥…… 그냥……."

백현의 앞에 멈춰 선 이석천은 하던 말을 마저 내뱉지 못했다. 그는 바보처럼 같은 말만 중얼거리면서 두 눈을 부릅떴다.

이름: 백현.

고작 이름 하나밖에 나오지 않는 상태창. 그것이 무엇을 의미하는지는 이석천도 잘 알고 있었다. 이석천은 믿을 수 없다는 눈을 하고서 백현을 바라보았다. 백현은 이석천과 눈을 맞대며 히죽 웃었다.

"사쿠라네?"

이석천은 백현의 말을 받아주지 못했다. 이석천의 머릿속에서 상식이 엉클어졌다.

군주와 계약하지 않은, 레벨도 없는 헌터가. 그의 기준에서 본다면 '안 될 놈'이 수백에 달하는 몬스터를 혼자 쓸어버리고 보스 몬스터까지 혼자 죽여 버렸다. 그냥 죽여 버린 것도 아니다.

이석천은 백현이 보스 몬스터를 사냥하던 모습을 떠올렸다. 그것을 사냥이라고 해야 할까? 이석천은 꿀꺽 침을 삼켰다.

혼자서 조무래기 몬스터 수백을 쓸어버리는 것.

이석천도 할 수 있는 일이다.

하지만 저 정도 크기의 보스 몬스터를, 백현처럼 압도적인 힘으로 죽여 버리는 것은?

'못 해.'

절대 못 한다. 한국에서 저 정도 일을 할 수 있는 것은 13 군주 중 하나, 무령의 예비 사도인 박준환 정도뿐이다.

"아저씨."

백현이 부르는 말에, 이석천의 어깨가 흠칫 떨렸다. 그는 놀란 눈으로 백현을 올려 보았고, 백현은 호기심에 어린 눈으로 이석천을 응시했다.

"아저씨 나한테 화났어요?"

주변에 들리지 않을 정도로 작은 목소리였다.

"……뭐……?"

"나라면 화났을 것 같은데."

"갑자기 무슨……."

"아까 아저씨가 말했잖아요. 저 보스 몬스터, 아저씨 거라고."

무슨 말을 하고 싶은 거지?

이석천은 백현의 질문을 이해할 수가 없었다. 그는 혼란스러운 얼굴로 백현을 보았다. 백현은 그런 이석천을 보면서 악의 없이 웃었다.

"몬스터에 임자가 어디 있겠냐만, 뭐 아저씨가 자기 거라고 했으니까…… 아저씨 거라고 쳐요. 그러면 내가 아저씨 거 뺏은 거잖아요. 그럼 화나잖아요."

"너…… 무슨 말을 하는 거냐?"

"화났으면 덤벼도 괜찮다고요."

이석천의 표정이 딱딱하게 굳었다. 이석천은 자신의 손바닥이 땀으로 축축하게 젖어 있다는 것을 깨달았다. 그리고 자신의 길드, 천왕의 헌터들이 너무 멀리 있다는 것도. 사실 그렇게 먼 것은 아니었다. 길드원들의 신체 능력을 생각한다면, 일 분도 걸리지 않아 이석천의 위치까지 도착할 수 있다.

반대로 이석천은 몇 초 걸리지 않아 부하들이 있는 곳까지 도망칠 자신이 있었다.

그런데 이상하게 발이 움직일 생각을 하지 않았다.

"아, 죽일 생각은 없어요. 사람은 몬스터랑 다르니까."

"어……."

백현의 목소리는 여전히 작았다. 이석천은 간신히 목소리를 쥐어짰다. 이런 기분을 느끼는 것이 얼마 만인지 모르겠다.

어비스에 들어가고, 헌터가 되고…… 여태까지 참 많은 일이 있었다. 4년. 고작해야 4년이라고 할 수도 있겠지만, 이석천이 헌터로서 보낸 4년은 그가 살아온 평생보다도 훨씬 밀도 있었다.

한 치 앞을 알 수 없는 미지의 세계. 언제 어디서 튀어나올지 모르는 몬스터의 땅. 수도 없이 많은 죽음의 위기가 있었다. 몬스터에게 죽을 뻔한 적도 많았다. 뭔지 모를 이종족에게 습격당한 적도 많았다. 몬스터가 아닌 같은 헌터에게 죽을 뻔한 적도 있었다. 공포 따위에는 이미 진즉에 익숙해져 있다고 생각했다.

그런데, 지금의 공포는 굉장히 이질적이었다. '죽일 생각은 없다'라고 말하는 저 얼굴이. 악의 없이 짓는 저 웃음이. 도무지 의중을 파악할 수가 없었다.

"안 되겠네."

백현은 식은땀을 뻘뻘 흘리는 이석천을 보며 중얼거렸다.

그 말이 귀에 들렸을 때, 이석천은 헉하고 숨을 삼켰다. 굳었던 발이 움직였고, 이석천은 몇 걸음이나 뒤로 물러섰다. 그는 순식간에 땀에 푹 젖은 앞머리 너머로 백현을 보며 꿀꺽 침을 삼켰다.

"뭐…… 뭐, 뭐, 뭐라고?"

"안 되겠다고요."

백현은 쩝- 하고 입맛을 다시며 말했다.

"아저씨 쫄았잖아요.

쫄았다. 그 말대로였다. 이석천은 쫄았다.

레벨도 180에, 한국의 양대 길드로 꼽히는 천왕의 길드장. 어비스가 처음 생긴 4년 전부터 헌터를 시작해, 산전수전 다 겪으며 많은 죽을 위기를 겪어 온 이석천은 조금 전 백현과 잠깐 마주한 것에 이질적인 공포를 느꼈다.

그것은 살의에서 느끼는 공포와는 다른 공포였다. 전혀 다른…… 다른가? 이석천 본인도 대체 무엇에 공포를 느꼈는지 알 수가 없었다.

백현은 이석천을 죽이겠다고 한 적이 없었다. 오히려 죽이지 않겠다고 했다. 그렇다고 이석천이 백현의 뒤통수를 쳤다거나 하는 식으로, 백현의 기분을 거슬리게 한 것도 아니었다.

'뭐야……?'

뭔지 모르겠다. 인간이 아닌 다른 생물을 보는 것만 같았다. 다른 생물이라면 몬스터? 아니, 그런 것이 아니다.

그냥 뭔지 모르겠다. 이석천은 자신의 감정을 이해하고 싶지 않았다. 악의와 살의 하나 없는 저 얼굴을 보고 있으니 속이 뒤엉키는 것만 같았다.

"괘, 괜찮…… 다."

이석천은 간신히 그렇게 말했다.

"그……."

"편하게 말해도 괜찮아요. 제가 아저씨보다 어리잖아요."

백현이 웃으며 말했다. 그 말에 이석천은 다시 한번 꿀꺽 침을 삼켰다.

"……그, 그래. 백…… 백현 네 말대로, 몬스터에게 임자 같은 것은 없지……. 암, 없고말고. 그러니까, 기분이 나쁘지 않아."

이석천은 그렇게 말하면서 몇 걸음 더 뒤로 물러섰다. 감정이 조금씩 진정되고 있었다.

"……그보다 자네는 참 대단하구만. 어떻게 군주랑 계약도 안 했으면서 그런 힘을 가지고 있는 거지?"

"스승님한테 배웠어요."

"……스승님?"

"지금은 선계에 가서 바둑이라도 두고 계시려나."

백현은 그렇게 중얼거리면서 하늘을 힐긋 올려다보았다. 지금 농담하는 건가?

이석천은 백현이 올려다보는 하늘을 함께 올려 보았다. 쨍쨍한 여름 하늘에는 눈 부신 태양과 헬기밖에 보이지 않았다.

"이 뒤에 뭐 더 나오는 건 없죠?"

"……어? 어어……"

"그럼 저 가도 되는 거죠?"

"……그래."

이석천은 뻣뻣한 고개를 끄덕거렸다. 천왕 길드에 영입할까? 순간 그런 생각이 들었지만, 이석천은 그런 마음을 고이 접어두었다. 백현의 존재가 수상하기도 했지만, 이석천은 자신이 백현을 감당할 수가 없음을 인정했다.

저런 놈을 길드에 가입시켰다가는 이석천의 입지가 위험해진다. 천왕 길드는 그를 위한 왕국이어야만 했다.

"자, 잠깐만요."

여전히 경악하고 있는 헌터들의 시선을 받으며 철문으로 다가가는 백현을 붙잡은 것은 정수아였다.

"아, 수아 씨."

백현은 정수아가 자신을 붙잡자, 반가운 표정을 지었다.

"수아 씨도 저한테 볼일 있어요?"

"……네?"

"막, 저 싸우는 거 보니까 가슴이 두근거려서 저랑 싸워보고 싶고 그래요?"

"……아니, 그건 아닌데요……?"

정수아가 무슨 소리를 하는 것이냐는 표정으로 백현을 보았고, 그녀의 대답에 백현은 조금 시무룩해졌다. 적잖게 기대했던 몬스터 토벌이 생각보다 쉬웠던지라 아쉽고, 길길이 날뛸 줄 알았던 천왕 길드의 이석천도 재미없게 꼬리를 말아버렸다.

사실 백현은 이석천보다는 정수아에게 꽤 흥미가 있었다. 정확히 말하자면, 그녀가 계약한 군주인 '재생의 뱀'에게.

백현 본인이 군주 중 누군가와 계약해 권능을 얻을 기회는 이미 지나갔지만, 그렇다고 군주들의 권능에 흥미가 없는 것은 아니었다.

언젠가 백현은 어비스를 여행하며 군주들 전원과 만나 볼 생각이었고, 가능하다면 그들과도 싸워보고 싶었다. 그 예행 연습 삼아 군주들의 권능 일부를 가진 헌터와 싸우는 것에도, 당연히 많은 흥미가 있었다.

'무턱대고 싸움을 걸 수도 없고.'

대뜸 주먹을 날리며 한 판 붙자고 할 정도로 백현은 무식한 인물은 아니었다. 그렇다고 아무 악의도 없는 정수아에게 시비를 걸 생각도 없었다. 기왕이면 좋게, 좋게, 비무 식으로 싸워 보고 싶은데.

백현은 아쉬움에 쩝- 하고 입맛을 다셨다.

"무슨 일이에요?"

"아…… 그게……."

불러 세우기는 했지만, 정수아가 백현에게 뭔가 볼일이 있는 것은 아니었다.

단지, 여러모로 신비한 인물인 백현을 이대로 보내기에는 아쉬워 일단 멈춰 세웠을 뿐이다.

"어디로 가는 거예요?"

"집에 가야죠."

"집?"

"저도 집 있어요."

집이 없는 사람이 어디에 있겠는가? 정수아는 그 당연한 대답에 대체 뭐라고 대답을 해야 할지 알 수가 없었다. 정수아는 더 이상 백현을 붙잡지 못했다. 백현은 여전히 닫혀 있는 철문을 힐긋 보았다.

"문 안 열려요?"

"조, 조금 기다리면 열릴 거예요."

백현은 그 말을 듣자마자 무릎을 굽히고 공중으로 도약했다. 그는 높이 뛰어오르고서 가파른 벽을 두 발로 뛰어 달렸다. 아래에서 그 모습을 보는 헌터들의 입이 쩍 벌어졌다.

"계약 안 했다며……."

어떤 헌터가 허망한 목소리로 중얼거렸다.

[미친놈.]

서민식이 탄식을 흘렸다.

[아무리 그래도 좀 너무하지 않냐?]

"너무하긴 뭐가 너무해?"

[그렇게 대놓고 하는 거 말이야.]

"그러면 대놓고 하지 뭐 숨기고 해?"

[좀 적당히…… 그러니까, 평범하게 할 수는 없었어?]

"나름대로 숨기고 한 거야."

[숨기긴 뭘 숨겨?]

"힘."

백현은 보글보글 끓는 물에 라면을 넣으며 말했다. 핸드폰 너머에서 서민식이 작게 욕설을 내뱉었다.

[그게 힘을 숨긴 거라고?]

"응."

[숨기긴 뭘 숨겨, 미친 새끼야!]

"숨긴 거라니까. 안 숨기고 제대로 했으면 거기 있는 사람 다 죽었을걸."

[진심으로 하는 말이냐?]

"그럼 내가 이런 거로 구라치리?"

계란을 넣을까 말까, 백현은 그런 사소한 고민을 하면서 팔짱을 꼈다. 잠깐의 고민 끝에 계란은 넣지 않기로 했다.

[……할 말이 없다.]

"이 정도면 유명해졌겠지?"

[당연히 유명해졌지. 너 뉴스 안 보냐? 지금 너…… 그냥 직접 봐라, 내 입으로 말해서 뭐하냐.]

"부끄러워서 못 보겠어."

[부끄럽기는, ×발…… 그런 놈이 카메라 몇십 대 앞에서 그런 짓을 벌여?]

"할 때는 별생각 없었지. 그런데 지금 와서 생각하니까 좀 부끄럽네. 좀 좋은 옷 입고 갈 걸 그랬나?"

백현은 그렇게 대답하면서 가스레인지의 불을 껐다. 뜨겁게 달아오른 냄비를 격공섭물로 들어 올리고서 식탁으로 향했다. 그러면서 마찬가지로 격공섭물을 써 냉장고를 열어 김치를 꺼냈다.

'격공섭물을 이런 식으로 쓰는 놈은 나밖에 없지 않을까?'

핸드폰도 격공섭물로 떠 있었다.

[……뉴스에 네 친척들 나오더라.]

"진짜? 뭐래?"

[뭐라기는. 뻔한 말 했지. 연락은 안 왔지?]

"네 말 듣고 번호도 바꿨으니까. 혹시 관리국에서 알려주진 않겠지?"

[관리국 그런 면에서는 철저하니까 걱정하지 마. 신상정보 유출될 일은 없어.]

서민식이 장담하며 말했다. 이번 토벌에 서민식은 직접 참가하지는 않았지만, 이래저래 다른 방법으로 백현에게 도움을 주었다.

엊그제, 백현은 서민식의 조언으로 핸드폰 번호를 바꾸었다. 유명해지고 나면 별의별 곳에서 연락이 온다는 것이 이유였다. 덕분에 지금 백현의 번호를 알고 있는 것은 서민식과 어비스 관리국뿐이었다.

[동창들도 나오더라.]

"동창? 중학교, 고등학교?"

[초등학교까지 나오던데? 고등학교야 난 너랑 다른 곳 가서 알 바 아니고. 중학교 동창 애들, 내가 아는 애들도 몇 명 나왔고…… 너랑 나 나온 고아원까지 나오더라. 덕분에 그 고아원 졸라 핫해졌어. 헌터 명문 고아원이랜다, 웃기지도 않지.]

"그러고 보니, 너 동창회 가냐?"

[미쳤냐? 내가 거길 왜 가? 가서 뭔 소릴 들으려고.]

"뭐 듣겠어?"

[돈 빌려달라는 소리? 아니면 보험 가입이나 중고차…… 너도 앞으로 동창회 같은 거 갈 생각하지 마라. 인간관계 싹 리셋한다고 생각해.]

"어차피 너 말고 남은 사람도 없어."

백현은 심드렁한 목소리로 대답했다. 그 말에 서민식이 낄낄 웃었다.

[불쌍한 새끼. 나 말고 친구도 없냐?]

"어."

[나 감동해야 하는 거냐?]

"벌써 감동하면 안 되지. 앞으로 감동하게 해줄 테니까 지금은 감동하지 마."

[얼씨구.]

서민식의 이죽거림을 들으면서 라면을 먹었다.

[……혹시나 해서 말하는데, 너…… 친척들…….]

"아무 짓 안 해."

백현은 김치를 와작 씹었다. 반찬가게에서 사 온 김치였지만, 원래부터 집에서 담근 김치 같은 것은 먹어본 적이 없었다.

덕분에 백현은 김치 맛에 까다롭지 않았다.

"왜. 내가 그 사람들한테 뭔 짓 할까 봐. 그거 걱정되냐?"

[……안 하는 게 이상하지 않냐? 너희 부모님…… 그, 보험금이랑 그런 것들. 네 친척들이 다 가져가고, 너 고아원에 넘겨 버리고. 그 뒤에 얼굴 한 번 안 비추고. 우리 어릴 때 너 그거 가지고 좀 많이 ×같아 했잖아.]

"그땐 그랬지."

백현은 킥킥 웃었다.

"야, 그건 당연히 그런 거야. 질풍노도의 시기, 그런 거 떠나서…… 고아원 출신이라는 게 좋은 타이틀은 아니잖아. 그래도 지금 와서 복수하겠다, 이런 마음은 없어."

[……그래. 잘 생각했다. 헌터라고 법밖에 있는 건 아니야. 어비스 안에서야 입증하기도 어렵고 뭐 그렇지만…… 현실에서 죄지으면 죗값 치른다.]

"막말로 나 잡을 사람이 있을까 모르겠네."

[야!]

"안 해, 걱정 마. 별 감정도 없어 지금은. 그 사람들은 그 사람들이고 나는 나지. 지금은 친척이라고 생각도 안 해. 와서 친척인 척하면 그냥 꺼지라 할 거야. 지들이 낯이 있으면 그러지도 않겠지만."

백현은 그렇게 대답하며 라면 국물을 후루룩 마셨다. 다 먹은 냄비를 싱크대에 가져다 놓고서 소파에 가 털썩 앉았다.

"몬스터 약하더라."

[……네가 너무 센 건 아니고?]

"그것도 그렇고."

[잘났다 정말. 그래서 뭐가 불만이야?]

"불만은 딱히 없어. 기어 나오는 몬스터는 달마다 강해진다며?"

[……강해지지. 덕분에 피해도 늘고 있고. 너 때문에 한국은 별걱정 없겠다만, 다른 나라는 피해가 커.]

서민식이 중얼거렸다.

[특히 중동이나 아프리카…… 그쪽 지역이 피해가 크지. 쉽게 말해서 좀 못 사는 나라들. 땅덩이 넓고 이동도 힘든 나라들. 유럽이나 미국 쪽에서 길드가 용병 개념으로 지원을 나가기는 하는데, 아무래도 힘든가 봐.]

"그래?"

[지구에 존재하는 어비스가 몇 개인 줄 알아? 50개야, 50개. 한국이야 운 좋게 하나밖에 없지만, 당장 일본만 해도 어비스가 2개나 있다고. 인구수 적고 낙후된 나라는 감당하기 힘들 수밖에 없지.]

그렇게 말하는 서민식의 목소리는 평소답지 않게 진지했다.

[게다가 매달 나오는 몬스터가 강해지고 있으니…… 몇 년 지나면 진짜 사람이 감당할 수 없게 될지도 몰라.]

"그럼 어떻게 되는데?"

[몰라 미친놈아, 그걸 왜 나한테 물어봐?]

백현은 서민식이 투덜거리는 소리를 들으며 큭큭 웃었다.

[……박준환. 그 아저씨가 이번 일로 너한테 관심 가질 것 같냐?]

"가져주면 좋겠는데."

[대책 없는 새끼. 그냥 무시하면 어쩔 건데?]

"그러면 내 쪽에서 한 번 찾아가 볼까."

[……난 모르겠다. 너 강한 건 이번에 봐서 잘 알겠는데…… '사도'를 헌터의 개념으로 생각하면 안 돼.]

서민식이 길게 한숨을 내쉬었다.

[사도라는 건 말이야. 군주와 계약하는 헌터랑은 전혀 다른 거야. 군주의 분신…… 이라고 해야 하나. 진짜 일대일로 힘을 부여받는 유일한 존재라고.]

"그렇게 말하니까 더 궁금하네."

[사실 나도 사도가 얼마나 강한지는 몰라. 첫 번째로 군주의 사도가 된 드레이브도 그렇고, 사도가 된 놈들이나 예비 사도들은 대부분 어비스에 짱박혀 있거든. 매달 말일 몬스터 토벌에도 참가 안 하고.]

"그건 왜 그러는 건데?"

[의미가 없으니까.]

서민식이 대답했다.

[몬스터 토벌의 가장 큰 메리트는, 계약한 군주가 토벌의 활약에 보상을 내려준다는 거야. 하지만 사도가 된 이상 보상을 더 받을 필요가 없지. 사도가 되어도 레벨은 오르는 모양이지만…… 더 받을 권능은 없거든.]

"권능이 없다고?"

[어. 사도는 군주의 모든 권능을 사용할 수 있어.]

그 말을 들으니 가슴이 조금 두근거렸다.

[그리고 그쯤 되면 군주도 질리지. 이미 뛰어남이 입증된 놈이 토벌에서 활약해 봐야, 뻔한 놈이 뻔한 짓을 하는 거니까. 나도 그래서 토벌에 참가를 잘 안 하는 거고.]

"잘나셨어."

[템페스트도 참 까다롭다니까.]

백현은 서민식의 한숨 소리를 들으며 현재 존재하는 사도들을 찾아보았다.

시련을 모두 끝내고 확실하게 사도로 임명된 헌터가 넷.

시련을 진행 중인 임시 사도가 셋.

"많네."

백현은 손을 쥐었다 펴면서 웃었다.

9장
까탈스러운

이석천은 침대 위에 벌러덩 누워 천장을 노려보았다. 켜진 TV에서 떠들어대는 뉴스 소리가 엿같이 시끄러웠다.

이석천은 벌떡 일어나 TV를 향해 욕지기를 내뱉었다. 처먹인 돈이 얼마인데, 어디를 틀어도 나오는 소리는 백현에 관한 이야기뿐이었다.

이해하지 못할 일은 아니다. 군주와 계약도 하지 않은 놈이 그런 일을 벌였으니 화제가 되는 것이 당연하다.

도대체 뭐 하는 놈이야? 이석천은 백현의 웃던 얼굴을 떠올리며 아랫입술을 잘근 씹었다.

천왕의 길드장. 이석천은 부족함이 없는 사람이다. 그는 아주 많은 것을 가지고 있었다. 한국이라는 작은 나라에서 레벨이 가장 높은 것은 아니었지만, 어딜 가도 부족한 레벨은 아니다.

돈? 많아도 너무 많아서 문제다. 권력? 예부터 힘이 있으면 돈과 권력은 당연히 따라붙는 법이었다.

하지만 사람의 욕심이라는 것은 끝이 없는 법이다. 가져도, 가져도 더 갖고 싶다.

특히 이석천은, 자기가 침 발라놓은 것을 남에게 뺏기게 되는 것을 절대로 참지 못하는 유형의 인간이었다.

그렇다고 무턱대고 일을 벌이는 멍청한 위인은 아니었다. 이석천은 백현의 힘을 보았고, 자신이나 천왕 길드의 저력으로는 어쩌할 수 없다는 것을 잘 알고 있었다.

'계약도 하지 않은 인간이 어떻게 그런 힘을 가질 수 있는 거지?'

가장 큰 의문은 그것이었다. 신선에게 배웠다느니 그런 개소리를 듣기는 했지만, 당연히 이석천은 백현의 말을 사실이라고 생각하지 않았다.

"곤란해."

아주 곤란했다.

파워밸런스. 한국의 헌터 사회의 최상부. 박준환, 서민식, 정수아 셋으로 이루어진 삼강. 혈맹, 천왕이라는 양대 길드.

모두가, 그리고 이석천 본인이 당연하게 생각해 왔던 파워밸런스가 단 한 명에 의해 뒤집혀 버렸다. 어처구니가 없는 일이다.

차라리 서민식, 정수아처럼 원래부터 이름을 날리던 놈이라면 뭐 그러려니 하겠는데. 마른하늘에 날벼락도 유분수지, 군주랑 계약도 맺지 않은 놈이 갑자기 튀어나와 파워밸런스를 뒤집어 버리다니. 해외의 헌터가 갑작스레 이민을 와 깽판을 쳐도 이보다는 나을 것이다. 애초에 그런 일은 일어날 수도 없는 일이지만.

'내버려 둬야 하나?'

무언가 조치를 하기는 해야 한다. 하지만 어떻게?

'쫄았죠?'

그렇게 말하며 웃던 낯을 떠올리니 오싹하고 소름이 돋았다.

힘으로 어찌할 수 있는 상대가 아니다. 그렇다고 힘 아닌 다른 것으로 압박을 넣는 것이 가능할 것 같지도 않았다.

그것은 본능적으로 알 수 있었다.

이석천은 아주 많은 것을 가진 사람이었지만, 그가 가진 것 중 백현을 압박할 수 있는 수단은 없었다. 결국, 이석천이 할 수 있는 일은, 시끄럽게 떠드는 TV를 끄고서 엿 같은 기분을 풀기 위해 비싼 술을 까는 것뿐이었다.

밖에서 마시는 것보다는 궁상맞더라도 집에서 혼자 자작하는 것이 분을 삭이기에는 최고였다.

'다음 달이 문제로군.'

그런 생각을 하며 얼음을 채운 잔에 위스키를 따를 때, 이석천의 핸드폰이 울렸다.

짜증을 가득 담은 눈으로 핸드폰을 힐긋 본 이석천의 얼굴이 딱딱하게 굳었다.

"……뭐야?"

[박준환]

핸드폰 액정에 뜬 이름은 이석천을 놀라게 하기에 충분했다. 무령의 예비 사도가 되어 어비스에 틀어박혀 있는 그 인물이, 왜 갑자기 전화를 걸었단 말인가.

예전에 핸드폰 번호를 교환하기는 했지만, 이후로 딱히 사적인 연락은 나누지 않았던 사이다.

이석천은 위스키병을 내려놓고서 급히 핸드폰을 들었다. 받아야 할지 말아야 할지. 이석천은 짧은 순간 그것을 고민했다. 같은 양대 길드의 수장이라고 하지만, 이석천과 박준환은 격이 다른 인물이다.

사실 천왕 길드도 혈맹과 비교하면 여러모로 부족하다. 그래서 이석천이 이번 기회에 기를 쓰고 천왕을 키우려 했던 것이다.

"……씹."

이석천은 짧게 욕설을 내뱉고서 숨을 골랐다.

일단 받자.

이석천의 손끝이 액정을 더듬었다.

"많아."

백현은 자신의 통장으로 입금된 금액을 확인하고서, 떨리는 목소리로 중얼거렸다.

바로 어제 있었던 몬스터 토벌. 그 토벌에서 얻은 코인은 그대로 백현의 인벤토리로 들어왔고, 백현은 그 코인을 환전하기 위해 관리국이 지정한 은행의 환전 코너에 들렀다.

그런데 환전한 금액이 상상 이상이었다. 백현은 너무 많은 0을 세어보다가, 그만두었다.

단순히 코인의 환전금뿐만이 아니었다. 몬스터의 시체 중 쓸 만한 것들을 관리국 쪽에서 알아서 매각한 정산금도 입금되어 있었다.

'괜히 날려 버렸어.'

백현이라고 해서 욕심이 없는 사람인 것은 아니다. 돈은 많으면 좋은 것이다. 만약 어제 백현이 보스 몬스터의 시체를 날려 버리지 않았더라면, 그는 더 많은 정산금을 받을 수 있었을 것이다. 몬스터의 사체 중 몇몇은 신소재로 취급되어 가치가 높았고, 특히 보스 몬스터의 사체는 더욱 가치가 높았다.

"저기……."

창구의 직원이 백현을 올려 보면서 두 눈을 빛냈다.

"그…… 백현 씨 맞죠? 어제 TV의……."

"네."

"아, 역시!"

직원이 호들갑을 떨며 아는 척을 했다. 그녀는 급히 뭐라고 더 말을 붙이려 했지만, 백현은 시끄러워지기 전에 재빨리 은행을 나가 버렸다.

'돈을 많이 번다더니.'

얘기야 많이 들었지만, 막상 들어온 돈을 보니 혀를 내두를 수밖에 없었다. 물론 모든 헌터가 돈을 많이 버는 것은 아니다.

어제 토벌은 사실상 백현 혼자서 다 한 것이었다. 어비스에서 기어 나온 모든 몬스터를 백현 혼자서 다, 보스 몬스터까지.

싹 다 죽여 버렸으니 코인과 정산금을 독식할 수 있었다. 그 금액만 해도 어지간한 직장인의 몇 년치 연봉이었다. 앞으로 토벌 몇 번만 뛴다면 서민식에게 병원비를 다 갚고도 남을 정도였다.

'아니지. 집값도 줘야 하잖아.'

받은 게 너무 많으니 돌려줘야 할 것도 많다. 백현은 쩝- 하고 입맛을 다시며 기척을 죽였다.

서민식은 앞으로 밖을 돌아다닐 때, 소란을 피하고 싶으면 선글라스나 모자 정도는 쓰라고 주의를 주었지만. 백현에게 그런 위장은 필요 없었다. 대로 한복판을 걸었지만, 길을 가는 사람들은 백현을 의식하지 못했다.

거리는 평화로웠다. 바로 어제 화천의 어비스에서 몬스터가 쏟아져 나왔는데, 서울은 평화롭기만 했다. 이곳의 사람들은 화천의 어비스 출입소의 벽이 무너지는 모습을 절대로 상상하지 않는다.

저들 중에도 어비스를 드나드는 헌터는 있겠지만, 그들에게 있어서 현실은 몬스터와 동떨어진 평화로운 곳이다.

익숙해졌기 때문이다.

어비스가 나타난 지는 고작 4년이지만, 사람은 적응이 빠르고 잊는 것도 빠르다. 4년 전에는 어비스에서 기어 나온 몬스터들에게 세상이 멸망할지도 모른다고 다들 두려워했지만, 이제 세상 사람들은 그런 것을 두려워하지 않는다.

헌터가 알아서 해주겠지. 사도도 있잖아. 군주들이 뭐라도 해줄 거야. 그런 막연한 생각을 하며, 그냥 산다.

하지만 현실이 평화롭다고 해도, 어비스는 끔찍한 곳이다. 어비스에서 자생(自生)하는 것은 몬스터뿐이다. 물론 몬스터라고 해서 지성이 없는 것은 아니다.

일부 몬스터 중에는 인간과 대화가 가능할 정도의 지성을 가지고 있는 경우도 있다. 하지만 헌터들은 절대로 그들과 소통하거나, 이해하려 하지 않는다. 이미 무던히 많은 시도가 있었고, 모두가 실패로 돌아갔기 때문이다.

어비스는 인간을 위한 세계가 아니다. 이곳에서 살아가는, 지성을 가진 몬스터들은 어비스에 들어와 떠도는 헌터들을 우호적으로 대하지 않는다. 그들에게 있어서 헌터들은 무조건 사냥해야 할 적이고 먹잇감이었다.

그런 세계와 반쯤 맞닿아 있고, 언제고 들어갈 수 있고, 나올 수도 있고, 매달 말일 몬스터가 기어 나오는데. 세상은 너무 평화롭다.

"퓨어세인트를 믿으십시오!"

지하철의 입구를 지났을 때, 누군가가 고함을 질렀다. 그쪽을 힐긋 보니 팻말을 든 일련의 무리가 목이 터져라 외치고 있었다.

"그분이야말로 어비스의 괴물들에게서 인류를 구원하기 위해 나타난 진정한 신입니다!"

"이 세상에 어비스가 나타날 때, 본래 우리가 믿던 신들은 대체 무엇을 해주었습니까!"

"그들은 우리를 구원해 주지 않았습니다!"

"우리가 믿어야 할 것은 새로운 신입니다! 퓨어세인트를 믿으십시오!"

광신도가 따로 없었다. 하지만 새로울 것도 없는 광경이었다. 최근 몇 년 동안, 어비스의 군주들을 신으로 모시는 종교는 우후죽순으로 생겨나고 있었다.

기존의 종교는 여전히 굳건했지만, '세상이 이렇게 되었는데 신이 무엇을 했는가?'라는 질문에 대답하지 못하는 것은 치명적이었다. 이러니저러니 해도 위급할 때 손을 내민 쪽에게 호감이 가는 것은 어쩔 수 없는 일이다.

"인류를 도운 것은 퓨어세인트뿐만이 아니잖아요."

지나가던 청년 중 하나가 볼멘소리로 내뱉었다.

"나는 혈사자와 계약했어요. 만약 군주가 신이라면, 나의 신은 퓨어세인트가 아닌 혈사자라고요."

"그렇다면 당신은 혈사자에게 구원을 바라십시오."

팻말을 들고 있던 중년의 남자가 내뱉었다.

"그가 신자를 구원하고자 할지는 모르겠지만 말이오."

"이봐요, 아저씨. 지금 나와 계약한 군주를 무시하는 거예요?"

"혈사자의 사도인 카르파고가 헌터의 사후(死後)에 관해 이야기한 적이 있나?"

중년의 남자가 코웃음을 쳤다.

"퓨어세인트의 사도, 드레이브는 신자의 사후에 대해 확실하게 말했었지! 만약 우리가 종말을 피하지 못한다면, 퓨어세인트를 믿는 자는 모두 그녀의 성역으로 들어가 영원한 행복을 누리게 될 것이라고 말이야!"

"×발, 종말은 무슨!"

청년의 목소리가 거칠어졌다. 하지만 할 수 있는 것은 반박이 아닌 욕뿐이었다. 백현은 우두커니 서서 그 모습을 보았다.

사도는 군주를 영접한 자. 인간 중 유일하게 군주와 대화를 나눈 자다. 드레이브가 처음으로 퓨어세인트의 사도가 된 후, 세상은 모두 드레이브를 통해 군주와 소통을 시도했다.

하지만 잘되지 않았다. 드레이브 이후 여럿의 사도가 생겨났지만, 그들은 마냥 세상의 뜻대로 군주들과 소통해 주지 않았다.

세상은 사도들을 통제할 수 없었다. 하지만 최초로 사후에 대해 말한 것은 드레이브였고, 덕분에 퓨어세인트와의 계약을 바라는 사람들이 급격히 늘었다.

그 광경을 보고 있으니, 백현은 문득 궁금증이 들었다. 만약 저들의 말이 사실이라 치자. 군주들이 정말 신이고, 저들이 사후를 보장한다면. 이 세상에 신이 없다면.

'난 죽어서 어디로 가는 거야?'

그 어떤 군주와 계약하지 않은 백현은 죽어서 어디로 가는 것일까. 도원경에서 들었던 것처럼 삼도천을 건너 명계로 가는 것일까.

'애초에 그들이 정말 신인지도 모르겠고.'

만약 신이라면 참 까탈스러운 신 아닌가.

'기왕 도와줄 것이면 팍팍 좀 도와줄 것이지, 뭐하러 인간을 골라서 힘을 줘?'

13명이나 있으면서.

백현은 실랑이를 벌이는 사람들을 지나쳤다. 파천신화공을 대성하면 신이 될 수 있다. 스승이 했던 말이 백현의 머리를 스치고 지나갔다. 어제 어비스에서 싸웠던 몬스터들도 떠올렸다. 생각보다 너무 약했던 놈들. 어비스에는 그것보다 강한 몬스터들이 넘쳐난다.

'사후세계를 벌써부터 생각할 필요는 없지.'

앞날이 창창한데, 일러도 너무 이른 생각이다.

To Be Continued

Wish Books

나는 될 놈이다

글쓰는기계 게임 판타지 장편소설
WISHBOOKS GAME FANTASY STORY

판타지 온라인의 투기장.
대장장이로 PVP 랭킹을 휩쓴 남자가 있다?

"아니, 어디서 이런 미친놈이 나타나서……."

랭킹 20위, 일대일 싸움 특화형 도적, 패배!

"항복!"

'바퀴벌레'라고 불릴 정도로
끈질긴 생명력을 가진 성기사조차 패배!

"판타지 온라인 2, 다음 달에 나온다고 했지?"

평범함을 거부하는 남자, 김태현!
그가 써내려가는 신개념 게임 정복기!

우진 현대 판타지 장편소설
WISHBOOKS MODERN FANTASY STORY

Wish Books

다시 태어난 베토벤

1827년 한 남자의 죽음으로 고전 시대가 저물었다.

그러나
그가 지핀 낭만의 불씨가 타오르니
비로소 새로운 시대가 열렸다.

긴 시간이 흘러 찬란했던 불꽃도 저물어 갈 즈음.
스스로 지핀 불씨를 지키기 위해
불멸의 천재가 다시 태어났다.

〈다시 태어난 베토벤〉

마치 운명이 문을 두드리듯
힘차게 손을 뻗어 외친다.
"아우아!"

소드마스터 힐러님

침략자 퓨전 판타지 장편소설

모두에게 무시당하던 낮은 전투력.
힐러라고 부르기도 민망한 힐량.

모두에게 무시만 받던 나날이었다.

어제까지의 나는 최약의 헌터였다.

하지만 오늘, 검을 뽑은 순간!
나는 더 이상 나약한 힐러 따위가 아니다.

〈소드마스터 힐러님〉

**나는 여전히 힐러다.
그리고 최강의 검성이다.**